バー堂島

吉村喜彦

ハルキ文庫

角川春樹事務所

BAR DŌJIMA

CONTENTS

春～うらら酒

BAR DŌJIMA

かすかに花の香りのする春風が、堂島浜《どうじまはま》の通りを過ぎていく。

水がぬるくなったなと思った。

さっきまでアイスピックを使って氷を割っていたからだろうか。

グラスを洗おうと、蛇口の水に手を差しだしたとき、何かがふわっとゆるんだような気がしたのだ。

そういえば、春の彼岸もちょっと前に過ぎた。水もぬるくなってとうぜんだ。

楠木正樹《くすのきまさき》が「バー堂島《どうじま》」を開いて、ちょうどこの春で八年になる。もう四年ほどで還暦だ。

楠木にはそんな年齢になった自覚はまったくない。まだ三十代半ばのような感覚で生きている。

――アホやから、年とれへんのかなあ……。

小柄なからだだが、毎日の腹筋と腕立て、スクワットのおかげで、余分な贅肉《ぜいにく》もないし、すっきりした体型をたもっている。ただし、髪の毛はさすがに少なくなった。いまは短めにして、清潔感を第一に考えている。

バー堂島は、大阪・北新地《きたしんち》のはずれ、堂島川に面したカウンター五席の小さな店。木製の扉を開けると真正面にカウンター席があり、スツールからは大きな窓の向こうに、ゆったりとした川の流れが見える。

川の向こうは中之島《なかのしま》。ビルがひしめき、緑のすくない大阪で、ほっとひと息つける貴重な場所だ。狭い通りにネオンの輝く北新地だけれど、川べりのこのあたりは、風通しがいい。

中州は子どもの頃から好きだった。堂島も島という字がつくだけに、かつては堂島川と蜆川《しじみがわ》の中州だったらしい。きっと、ひとにも土地にも相性というのがあるのだろう。

楠木はそんな街の景色が気に入って、ここに店を決めたのだった。

だが仕事の最中はなかなか川を眺めることはできない。眺めているのは、お客がいなくて暇なとき。でも、それでは、おまんまは食い上げだ。

人生、なかなかうまいようには、いかんもんやなあ……。

グラスを洗い終え、あらためて川の方を振りかえると、心なしか、水のいろが春めいている。薔薇《ばら》色に染まった空を映し、川の面《おもて》で光がやわらかく砕けていた。

一枚板のカウンターに手を触れても、彼岸前よりなんだか少し温《ぬく》もりを感じる。

楠木はいつもTシャツにジーンズのラフな格好で、カウンターに立つ。

いくらエアコンをつけているとはいっても、窓のそばに立ちながらの水仕事なので、冬場はかなり冷える。寒い季節は使い捨てカイロを腰に貼《は》り、長袖《ながそで》Tシャツを着ていたが、先月からは半袖Tシャツだ。やっぱりTシャツは半袖がいい。グラスや皿も洗いやすいし、なんといっても自分らしくいられる。

窓から見える中之島の景色を眺めながら、気分転換とストレッチを兼ね、両腕を上にあげて、小柄なからだを精一杯のばしていると、

「まいど！」

ノックの音と同時に扉が開いた。

花屋の武者小路秀麿《むしゃのこうじひでまろ》が腕にチューリップの花をいっぱい抱えて入ってきた。ほっそりと華奢《きゃしゃ》なからだつきにマッシュボブのヘアスタイルが、女の子のように可愛《かわい》い。

楠木が振り返って笑いかける。

「あ、今日は、お花の日ぃやってんね」

秀麿はちょっと拗《す》ねてみせ、

「いややわぁ、マスター。お花とマロちゃんのこと、忘れんといてぇ」

大仰な身振り手振りでしなをつくってこたえた。

秀麿は自分のことをマロちゃんと呼ぶ。

マスターの楠木をふくめ周りのひとも、いちいち秀麿とか武者小路と言うのは面倒くさいので、マロと呼ぶようになった。

楠木はそんなカレといると、不思議と肩の凝《こ》りがとれる。

花屋の仕事が終わった深夜、ふらりとマロちゃんが店にくると、バーの中に大輪の花が咲いたように、空気がパッと明るくなるのだ。

「なんか、めっちゃのど渇くわぁ。一日中走りまわってたら、暑いくらいやったもん」

マロちゃんは、そう言いながら花瓶に手早く色とりどりのチューリップを生ける。

ときおり首をかしげながら、いろんな角度から花を眺め、アレンジメントをしおえると、額にうっすら浮かんだ汗をしなやかな手の甲でぬぐった。

透きとおるように白い指でボーダー・シャツの広い襟ぐりを開くと、手をパタパタさせてシャツに風を送り込む。

その様子をちらっと見た楠木が、

「なんか冷たいもんでも、飲む？」

洗い上げていたグラスをやわらかい布で磨きながら訊《き》いた。

「やん！　なんでもええの？」

「ええよ」楠木はうなずき、「アルコールありでも、なしでも」

「じゃあ……白ワインのソーダ割り、もらおっかなあ」

大きな瞳《ひとみ》を潤ませて、甘えた声をだす。

「スプリッツァーか……さっすが、ええとこ突いてくるなあ」

そう言うと、楠木は冷蔵庫からドイツワインのマドンナを取り出し、脚のないシンプルなワイングラスに注《そそ》いだ。ウィルキンソンのソーダで割って、カウンターの隅に立つマロちゃんの目の前にさっと置く。

マロちゃんは炭酸がプチプチはじける透明な液体を見つめて、おもわず目を細めた。


そのとき、どこからか寺の鐘の音が聞こえてきた。

「……?」

楠木は首をかしげた。

――なんや、気のせいやろか?

マロちゃんのほうをちらっと見ると、カレも眉《まゆ》をよせている。

壁にかかった年代ものの時計を見あげると、午後六時だ。

「まるで暮れ六つの鐘やな……」

楠木が顎《あご》をなでながらひとり言のようにいうと、扉がギギッときしんだ音をたて、男の頭がぬっとあらわれた。

まだ明るい外のひかりを背後に受け、顔がシルエットになっている。

マロちゃんが、わっと驚き、持っていたグラスから液体がこぼれた。

楠木は男の姿をよく見ようと、目を細める。

「おう、久しぶり」

言いながら片手をあげ、カウンターに近づいてきた男の顔はにこにこしている。おだやかな目、きれいに弧を描いた柔らかそうな眉、仏像みたいに円満な顔である。落語家の桂《かつら》枝雀《しじやく》にどこか似て、一見ぽやっとした感じがあった。

「なんや、毛坊主《けぼうず》かいな」

マスターの楠木が口を開くと、

「なんやとは、なんやねん」

坊主頭が少々ムッとして言う。

「おまえ、まだまだ悟ってへんなあ」

楠木が冷やかし半分で言う。

毛坊主といわれた男はそれを軽く笑って受け流し、カウンターの左端のスツールにひょ

いと腰を下ろしながら、

「仏《ほとけ》の道は、三歩進んで二歩さがる、や」

「そら。水前寺《すいぜんじ》清子《きよこ》やろ」

楠木がすぐさま突っ込みを入れた。


毛坊主の名前は南方健次《みなかたけんじ》。

だいたい春と秋の彼岸が終わる頃《ころ》、バー堂島にやってくる。

いつもGジャンに穴のあいたジーンズ姿。でも、けっしてお洒落《しゃれ》ではなく、自然とほつれたよれよれのジーンズなのである。

ヘアスタイルは三分《さんぶ》刈り。人相風体《にんそうふうてい》は一般人と変わりはない。だが出家得度《しゅっけとくど》をし、しっかり修行もして、ある宗派の僧の資格ももらっている。

「ま、言うたら、フリーの坊主やねん」

南方はカルーア・ミルクをすするように飲んで言う。あまり酒は強いほうではない。

寺は持たず、東に病気のおっちゃんがいれば、行って看病し、西に疲れたおばちゃんがいれば、行って飴《あめ》ちゃんを舐《な》めさせ、南に死にそうな人あれば、行って「怖がらんでもええよ」と励まし、北に喧嘩《けんか》や悶着《もんちゃく》あれば、行って「つまらんから止《や》めたほうがええわ」と言う。

「それって、現代の宮沢賢治《みやざわけんじ》やん」

花屋のマロちゃんがおだてるように言って、南方の肩をピシャッとたたいた。

「い、痛っ」

顔をしかめながら、南方はまんざらでもなさそうな声をだした。

——あかん。やっぱり、悟りは遠いわ……。

楠木は苦笑しながら、南方の好物のフィンガーチョコを小皿に盛ってカウンターに置く。

南方はチョコレートのなかから金色の包みをより分け、

「涅槃《ねはん》の色や」

ぼそっと呟《つぶや》いて、それから先に手を伸ばした。

＊　＊　＊

南方は釜《かま》ヶ崎《さき》に住んでいる。

日雇い労働者が寝泊まりする安宿があつまるドヤ街だ。

南方自身もときに建設現場で働きながら、段ボールで暮らすおっちゃんたちが野垂れ死にしないように、病気や寝たきりのひとがいないかどうか、街なかを見回っている。

三角公園でおにぎりや豚汁《とんじる》などを炊き出したり、おっちゃんたちが近くの病院の軒下で眠れるよう、ボランティアのみんなと一緒になって布団を敷いたりもする。道ばたやドヤで誰《だれ》にも見取られずに亡くなったひとの葬式も出すし、法事もおこなう。引き取り手のないお骨《こつ》を自分の部屋であずかってもいる。

南方自身、もともと釜ヶ崎の生まれ育ちだが、全国各地を渡りあるいて、再び釜ヶ崎にもどってきた。

バー堂島に来るようになったのは、ちょうど五年前の春からだ。ひょんなことで、楠木が北新地のはずれで店を営んでいると聞き、あまり馴染《なじ》みのないキタまで遊びに来てくれたのだった。

楠木の差し出したおしぼりで手を拭《ふ》きながら、

「あれ？　今日は音楽、ないの？」

南方が訊く。

「あ、忘れてた」

楠木がカウンターの下をくぐってこちらに出てきた。そうして片側の壁一面に据《す》えられたCDラックからアルバムを選んでいると、花屋のマロちゃんが、

「そろそろ仕事にもどるね。また、あとで来るわ。ごちそうさん」

飲み終えたグラスをカウンターに置くと、颯爽《さっそう》と去っていった。

マロちゃんの後ろ姿を見送りながら、南方が、

「美しいもんはボーダーレスやなあ」

つくづく感心したように息をつく。

「あいつ、今はあんなに明るいけど、子どもの頃はほんまコンプレックスのかたまりで、長いあいだ、引きこもりやったらしいよ」

楠木が両手に持ったアルバムジャケットのどちらを掛けようか見くらべながら応じた。

「……そやろな。なんか、わかる気ぃする」

南方はぼんやり遠いまなざしになって、茜色《あかね》の水面《みなも》を見つめる。

天井近くに設置されたスピーカーからは、アルバート・キングのブルースが流れだした。

「お、なつかしねえ」

カルーア・ミルクをひとくち舐めた南方が言う。

楠木は微《かす》かにうなずいて、ほほえんだ。

ふたりは大学時代、京都で一緒にブルース・バンドを組んでいたのだ。楠木がリード・ギター、南方はヴォーカルとサイド・ギターを担当していた。

オリジナルの曲もつくったが、有名なブルースマンの曲をよくコピーした。アルバー

ト・キングの曲は何度も練習したものだった。アルバートの「アイル・プレイ・ザ・ブルース・フォー・ユー」が聞こえてきて、南方はおもわず、大学の教養部グラウンドの端っこにあったバンドの練習場を思い出した。

そこはコンクリートブロックでできた薄汚れたボックスだった。コミック研究会とかＵＦＯ研究会などさまざまなサークルの部屋が、まるでハーモニカのマウスピースのように並んでいた。

バンドの練習場はなかなか見つからなかったが、楠木はそのハーモニカボックスの一つに以前から目をつけていた。扉には〈現代物理研究会〉と青いペンキで描《か》かれてあったが、すっかり放置されているようで、入り口の大きな扉もボロボロで鍵《かぎ》もかかっていない状態だった。

ある冬の夜、バンドのメンバー四人でそのボックスを占拠し、扉とコンクリートの外壁をダークブルーのペンキで塗りつけ、そこに銀色のペイントで、GINKAKU BLUES BANDと新たに大きな文字を描きつけたのだった。

「うちの大学、何やっても自由やったなあ」と楠木。

「自由というか、アナーキーというか……まさに無法地帯やな」

南方が、く、く、と笑う。

「不法占拠やっても、どっからもお咎《とが》めなしやったもんなあ」

南方は、煙草《タバコ》吸ってええかと訊いて、Gジャンの胸ポケットからクシャクシャになったハイライトを取り出し、ジッポーの蓋《ふた》をカシャッと開けて火をつけた。

煙草とオイルのにおいが入り混じって流れる。

「最近は煙草を吸わせてもらえる店もだんだん少のうなったよなあ」

美味《うま》そうに南方は紫煙を吐き出した。

煙草をやめて十年以上たつ楠木だが、他人の吸う煙草は嫌いではない。ハイライトの香りをかぐと、バンド時代にすぐさまタイムスリップし、さまざまな記憶が頭の中にフラッシュバックする。

「時代が変わってきたんや」と楠木。

「釜ヶ崎のドヤも、いまや外国人バックパッカーの安宿に変身してるよ」

「インバウンド景気やな」

「高級リゾート・チェーンのでかいホテルができるみたいやし、中華街もできるそうや」

「ほんまかいな？　インド人もびっくりや」

楠木がカレールウの古いＣＭコピーを言いながら、ちょっと目を見開く。

南方はうなずいて続けた。

「オーストラリア人のバックパッカーは、『釜のおっちゃん優しいし、なんちゅうても食べもん安うて美味いから』て言うてたわ。そいつ、毎年二回も大阪に来てるんやて」

「ごっついねぇ。おまえがうちに来るペースといっしょやん」

口の端に笑みを浮かべると、楠木はカウンターを離れ、自分用のドラフトギネスを注ごうと生ビールサーバーの方にからだを向けた。

＊　＊　＊

釜ヶ崎では年末年始から厳寒の時期にかけて、たくさんの行き倒れが出る。

そして長い冬が終わったかと思うと、春の彼岸の季節になり、毛坊主である南方は無縁仏の法事をいとなむことになる。晩秋から桜の季節まで、息つくひまもない忙しさなのである。

この一週間で、やっと少しは自由になる時間がもてるようになった。十年前に釜ヶ崎にもどってから、毎年だいたいこのリズムで一年が巡っていく。

南方の声はとてもいい。

中低音がよく響くし、張りがある。高音もすばらしく伸びる。

南方がお経を詠《よ》むと、まるで歌をうたっているようだと言われ、とくに女性ファンが多い。その声にうっとりし、瞳をうるませる人も、あまたいるという。

「あんたは今蓮如《いまれんによ》さんや」と腰の曲がった婆《ばあ》さんに言われ、ギュッと抱きつかれたこともあった。

蓮如の声、聞いたことあるんかいな？

と口をついて出かかったが、さすがにうつむいたまま、ありがとうござりますと言って、婆さんに向かって合掌した。

南方自身、艶《つや》のある自分の声が女性受けするのはじゅうぶん承知している。

若い頃はいま以上に音域も広く、アコースティック・ギターを弾きながら、井上陽水《いのうえようすい》を歌ったりもしていた。

だが、けっして声が嗄《か》れることはなかった。

根っから黒人音楽好きの楠木は、南方のそんなきれいな声にときどきイラッとする。

「お経や陽水にはええんやけどな……。おまえのその澄んだ声、どうもブルースには合わへんかったなあ」

ギネスのパイントグラスを傾けて、楠木はしみじみとした調子で言った。

「ブルースに合《お》うてなかった、か……そうかもしれん……」

楠木のざっくばらんな物言いに憤慨する様子もなく、南方は淡々と受け入れる。

じつは南方は自分の声が濁ってないことに、ずっとコンプレックスをもっていた。憂歌団《ゆうかだん》の木村《きむら》クンみたいなだみ声になりたくて、一生懸命タバコを吸いまくり、浴びるように酒を飲み、うがい薬を毎日のどに塗って焼いたりもした。

でも、翌《あく》る日にはすっかりきれいな声にもどっていた。我ながらじつに不甲斐《ふがい》なかった。

しかし、それもこれも過去の話だ。

銀閣《ぎんかく》ブルースバンドは、学生時代、〈磔磔《たくたく》〉や〈拾得《じっとく》〉などのライブハウスや京大西部講堂に出演していたが、たまたま大手レコード会社のスカウトマンがライブを観《み》て、バンドを気に入り、契約を交わすことになったのだった。

楠木や南方にとっては、まさに青天の霹靂《へきれき》。プロとしてやっていこうなんて夢にも思っていなかった。

スカウトマンは、ふたりが作った「ご注意ブルース」という世の中の俗物をおちょくるコミカル・ブルースを秀逸だと褒《ほ》めてくれ、その後、それらしいブルースを何曲か作ってアルバムにした。

シングルの「ご注意ブルース」はそこそこのヒットを飛ばし、レコード会社の担当者の誘いにのって、バンドメンバー四人全員で東京に出ることを決めた。

「ぼくらみんな、完璧《かんぺき》に舞い上がっとったよなあ」

楠木が上唇にギネスの泡をつけて、つぶやいた。

東京弁ってスピードラーニングのテープ聴いたらしゃべれるようになるやろか、と真剣に悩んでいたベースの植田《うえだ》、東京の女の子って簡単にナンパできるみたいやで、と目を輝かせながら話していたドラムスの森川《もりかわ》……。

なつかしい顔が脳裏に浮かんだ。

「すっかりレコード会社のおだてにのってしもた」

南方がかすかに首をふる。

「最初は、みんな、うまいこと言うて寄ってくるもんな」

「だいたい痛い目にあうパターンやね」

「そやね。じっさい、ぼくら、実力なかったし」

「古今東西、アホにつける薬なしや。ナンマンダブ、ナンマンダブ」

おもわず南方が念仏を唱え、楠木が、

「ほんまやな」ふふんと笑う。

その頃からふたりとも心の奥では、こんなブルースのコピーバンドが成功するわけがない、と思っていた。

「でも、ひょっとしたらイケルかも、ってスケベ心があったんも確かやな」

南方がチェイサーの冷たいミネラルウォーターをひとくち飲んで言う。

「まあ、昔があって今があるってこと。因果《いんが》の道理やな」

楠木はすでにギネスの1《ワン》パイントを飲みほし、自分用のジャック・ダニエルをバックバーから取り出すと、オン・ザ・ロックをダブルで作りはじめた。


楠木がはじめてバーテンダーの仕事についたのは、二十年前。東京・二子《ふたこ》玉川《たまがわ》のはずれにある「バー・リバーサイド」という店だった。

東京に出てきても音楽ではいっこうに食えず、アパートの家賃も払えなくなっていた。京都時代から酒場は好きだし馴染《なじ》みもあった。兄の大学時代の同級生がバーを経営しているというので、そこで働きはじめたのである。

オーナーでマスターの川原草太《かわはらそうた》は、街はずれのバーなのに、黒シャツ黒パンツでスタイリッシュにキメていた。寡黙だが、お客さんの話を静かに聞き、やさしく相づちを打った。必要以上にお客さんの会話に入り込むことはなく、カウンターをはさんで、ほど良い距離感を保っていた。川原マスターはまるでおいしい水や空気のように、バーの空間に存在していた。

そんな川原の立ち姿や日々の仕事のやり方に教えられることは多かった。

バー堂島を堂島川の川べりでオープンしたのも、川原の店にならったからだ。

川原マスターは夜も更けてお客さんとの話が盛りあがってくると、好みのウイスキーをたっぷり自分のグラスに注いでは飲んでいた。

楠木はそんな川原を横目でみながら、なんか人間くさくてええ感じや、と思ったものだ。

こうして店をもち、シェイカーを振りハイボールを作りながら、ふと気づくと、師匠と同じように、好みの酒を自分のグラスに注いでいる。

――これが刷り込みってやつかな……。

卵からかえったばかりのハイイロガンは、はじめて目にした動く生きものが人間だと、その人間を親だと思って、ずっとその後をついてまわる。何かの本にそう書いてあったっけ。

カウンターの彼岸にいる南方《みなかた》が、フィンガーチョコの金色のパッケージをむいて、サクッとひとくち食べ、

「そういえば、うちの親父《おやじ》も声がよう通《とお》ったよ。歌も好きで上手《うま》かった。法事でお経よみに来た坊さんにスカウトされたこともあったらしい。ぼくがいまナンマンダブ言うてるんも、子どものときに見た親父の姿が刷り込まれてるんやろね」

ちょっと恥ずかしそうに言って、カルーア・ミルクを飲む。

「お経って、ボーカルやもんな」楠木がうける。

「やっぱし、ぼく、ライブ好きやねんな」

「何時間お経よんでも、声、ぜったい嗄れへんし。おまえ、根っから坊主に向いてるんよ」

「音楽のご縁やね。ありがたいことや。そういえば、人間て、いまわの際まで耳は聞こえてるらしい。視覚や嗅覚《きゆうかく》が消えても、音だけは最期まで感じとるんやて」

「たしか、チベットの本にもそんなこと書いてあったなあ」

「宇宙人とのコミュニケーションも音やろ。ほら、映画『未知との遭遇』」と南方。

「ことば並べるより、音楽のほうが伝わるのん、ずっと速いもんなあ」

楠木はジャック・ダニエルをすするように飲んで、続けた。

「ところで、おまえ、お彼岸、忙しかったんやろ?」

うん、と南方はひとつうなずく。

「この半年のあいだに亡くなった方々に、お経あげさせてもろたんよ」

「そうかあ……」

「めちゃ親しかったおっちゃんもあっちに逝《い》ってしもてね……うちの親父のこと、思い出したわ。おっちゃん、親父と同い年やったからね。生きてたら、親父、こんなんやったんかなあって」

＊　＊　＊

南方の父は和歌山県・南部《みなべ》の裕福な農家の生まれだった。

祖父の遺産を継いだ苦労知らずのボンボンで、とにかくひとが良かった。家族も村の人も誰も、父の怒った顔を見たことがなかったそうだ。

そんな人なので、学校時代の親友が事業をおこし、借金の連帯保証人になってくれないかと言われると、二つ返事で引き受けた。

「人を裏切るより、裏切られたほうが、よっぽどマシや」というのが、南方の父の口癖だったらしい。

皮肉にも、父の人生はその通りになってしまう。

親友の事業はあっけなく失敗。しかもあっという間に夜逃げして、行方知れず。莫大《ばくだい》な借金を背負うことになった。

南方家の土地を売っても完済できず、父は母とふたりで大阪・釜ヶ崎に転がり込んだという。

父は釜ヶ崎で日雇い労働をして少しずつ金を返していき、やがて二年が経《た》とうとする頃、南方健次はこの世に生をうけたのだった。

ドヤ街の片隅の長屋で親子三人、ひもじい暮らしだったが、南方には悲惨な思い出はまるでない。お笑い好きの父に連れられ、立ち見席で肩車をしてもらいながら漫才をみたり、たまに大きな仕事が入ったあと、ジャンジャン横丁でホルモン焼きを食べたことを覚えている。南方にとって、小春日和《こはるびより》のように幸せな日々だった。

だが、小学二年の秋、母が若い男と駆け落ちをした。

その衝撃から父は仕事にも行かず、酒浸りとなって徐々にからだを壊していった。肝硬変とアルコール依存症で身も心もぼろぼろになった父は、けっきょく三年後に自死。暮れも押しつまった寒い頃だった。

当時のことは悲しすぎて、ほとんどの記憶は飛んでしまっている。

ただ唯一、父の葬式に来てくれた若いハンサムな坊さんのことだけは鮮やかに覚えている。その坊さんは孤児になった南方にやさしく接してくれ、葬式のときに泣きながらお経をあげてくれたのだ。南方のまわりで、父の死を悲しんで涙を流してくれるひとなんて、一人もいなかった。

坊さんの声は子どもの耳にも心地よかった。かすかにハスキーで、聞いていると不思議と心が休まり、眠たくなってくるのだった。後年、レイ・チャールズを聞いたとき、あ、似てる、と思ったほどだ。

翌年の春、お彼岸にもその坊さんは来てくれた。

簡単な法要のあと、若い坊さんは南方を梅田《うめだ》の新御堂筋《しんみどうすじ》まで連れ出し、シェーキーズというピザ店に連れていってくれたのだ。

生まれてはじめて食べるピザ。しかも食べ放題だった。

店の中はあかるくて、すべてのものがキラキラ輝いているようだった。

南方は心の底から感動し、吐きそうになるくらい食べまくった。そんな姿を若い坊さんは笑いながら見つめてくれていた。

坊さんは坊さんで、カウンターからいろんなピザを取れるだけ取ってきては、わしわし食べて、「美味《うま》い、美味い」と何度もつぶやいた。そんな坊さんの邪気のない顔が好きだった。

いままで持っていた葬式や線香の匂《にお》いとか、坊さんの暗くてじめっとしたイメージが完全に吹き飛び、南方も久しぶりに子どもにかえって無心に笑った。腹の底から笑ってる自分がいる——そのことが何よりうれしかった。

うららかな春の一日、若い父がよみがえったような人と、キタの洒落たアメリカふうの店で食べたピザは、つかのまの夢のようだった。

それから、お盆やお彼岸にはその坊さんを心待ちにしていたのだが、あのシェーキーズの日以来、坊さんはべつの寺にうつったのか、二度と会うことはなかった。


「釜のおっちゃんらは、最期はお経で送ってほしいって言うねん」

とっぷりと日が暮れ、夜のネオンが映って赤や青に輝く堂島川の水面《みなも》をぼんやり見つめながら、南方が口を開いた。

「南無阿弥陀仏《なむあみだぶつ》？　南無妙法蓮華経《なむみようほうれんげきよう》？　どっちなんや？」

楠木が訊く。

「いや、宗派は関係ないみたいや。なんせお経やったら、ええんやて」

「釜ヶ崎にはキリスト教の神父さんや牧師さんとかも、おるんやろ？」

「そうや。キリスト教の人らは、ぼくらよりずっと前から炊き出しやってくれたり、子どもらの面倒みてくれたり、何くれとなく釜の人らを助けてはる。ぼくら坊主は頭の下がる思いや。でも、なんでか、おっちゃんらは、死んだらお経あげてほしいって言うねん」

楠木が、なんでやろという顔になって、首をかしげた。

「ほら、ぼくらも年とってくると、演歌とか日本の歌がしみじみええなあって思うようになるやろ」

「そういえば、おれも最近、藤沢周平《ふじさわしゅうへい》とか山本周五郎《やまもとしゅうごろう》とか読むようになったし、フランク永井《ながい》やちあきなおみの歌よう聴くし、食べもんも消化のええ和食が多なってきたしな」

「子どもの頃からの方言きくと、なんかホッとするやん」

そうやな、と楠木はうなずき、

「あれかて歌みたいなもんや。温《ぬく》もりがあるもん」

「おっちゃんらがお経で送ってほしい言うのは、きっとそれと似てるんとちゃうんかなあ」

＊　　＊　　＊

そのとき、若い女性の声とオヤジの濁声《だみごえ》が外でもつれあって聞こえてきたかと思うと、バー堂島の重い木製ドアが開いた。

「わあ、あいてて、よかったあ」

栗《くり》色の長い髪の女の子が、春めいた声でマスターに向かって言う。

「って、コンビニか。ひかりちゃん、今日はまた早いね」

楠木はうれしそうに、笑いかけた。

ひかりちゃんは、北新地のクラブ「シャルベ」につとめる、いま売り出し中のホステスだ。白い二の腕を、右横に立つでっぷりと脂ぎった男の腕にまわしている。

男は六十歳をいくつか過ぎているだろうか。身の丈は一八〇センチあまり。頭は剃《そ》り上げたスキンヘッド。ダブルのスーツはシチリアの青空を切り取ってきたような鮮やかなブルー。オーバル型フレームの色つき眼鏡をかけ、首の後ろにも肉がついてブルドッグみたいにダブついている。

——その筋《すじ》のひと……？

バーのなかに、一瞬、緊張が走った。

「五人しか座られへんから、すぐ満席になるんよ」

そう言いながら、ひかりちゃんは右端の席にさっと座り、

「マコトちゃん、こっち、こっち」

そう言って、手招きする。

つるつる頭の大男はふんぞり返るようにして座って、バーの中を睥睨《へいげい》した。大きな尻《しり》がスツールからぶにゅっとはみ出している。

店のなかの空気がとつぜん変わり、ひかりちゃんの香水と男のコロンのにおいでむせかえるほどだ。南方《みなかた》は何げなさそうに視線をちらりとおくった。

楠木は微笑《ほほえ》みながら、ふたりにおしぼりを広げてサッと差し出す。

男の頭が天井からのダウンライトでぴかぴか輝いている。眼鏡をとって、おしぼりで顔と手を拭き、首の後ろのたぷたぷの肉までていねいにぬぐった。

「マスター。こちら、東福寺《とうふくじ》真言《まこと》さん」

ひかりちゃんがニコニコして、スキンヘッドを紹介する。

楠木は白い歯をみせ、男の目をしっかり見つめ、

「楠木です。よろしくお願いします」

深々とお辞儀する。

東福寺は目をそらせたまま顎をあげ、

「ああ」

低いしわがれ声でこたえ、わざとらしく左腕をあげて腕時計を見た。

「まだ、だいぶあるな……」

シャルベがオープンするまで時間がかなりあるという意味だろう。袖口からは金色のロレックスがのぞき、キラキラ燦《きら》めいている。

——これ一本で、釜のおっちゃん、一生暮らせるやん。

楠木はおもわず思った。が、笑みは絶やさない。

ひかりちゃん、今日は同伴か。いつもは大好きなイタリアンおごってもらうって言うてるのに、なんでうちに来たんやろ？

楠木の顔に浮かんだ疑問符に気づいたひかりちゃんが、

「春になると、なんかウキウキするやん。いつもと違うパターンやってみようかなぁって」

「まさに、ひと味ちがう春のひかり、やね」

楠木が合いの手をいれる。

「うまいこと言うなぁ」

ひかりちゃんが言って、ちょっと間をおき「シュワシュワ系で何かおいしいのちょうだい」

「じゃ、カンパリソーダとか？」

「うん」あどけない顔でうなずき、「あ、それと、『アントニオ』のジェノベーゼ、もらおっかなあ。マコトちゃんはどうする？」

「アントニオ」はバー堂島の並びにあるトラットリアで、イタリア人シェフ、アントニオ・ベニーニが経営している。楠木とは懇意《こんい》なので、パスタやピッツァなら出前もしてくれる。イタリアンなのに、めずらしく深夜まで開いていて、楠木もひかりちゃんも仕事のあとに重宝していた。

つるつる頭はひとりぶつぶつ呟いて悩んでいる。

「まだ、決まらへんの？」

ひかりちゃんの眉間《みけん》にかすかに皺《しわ》がよる。

「じゃあ、ナポリタン……」

低い声で背を丸めるようにして、ぼそっと言う。

「ナポリタン？　そんなん、イタリアンちゃうでぇ」

「え？」

声が裏返り、色つき眼鏡の奥で小さな目が見開いた。

「あれは日本で生まれたパスタ。喫茶店で食べるもんよ」

「……」

「ナポリタン以外で何かないの？」キッとにらむ。

大男は、

「ピザ、とか……」

もごもご言った。

「ピザやなくて、ピッツァ」

ひかりちゃんは訂正し、よっしゃ、と指をぱちんと鳴らすと、楠木に向かって、

「ジェノベーゼとマルゲリータ、出前、プレーゴ！」

楠木は、了解、と言うがはやいか、すぐさま携帯でアントニオに連絡する。そうして振り向きざまに、冷蔵庫からカンパリと炭酸水をさっと取り出した。

二本のボトルの周りにかすかに白い霧がたっている。

「わっ、はじめて見た。カンパリって冷やすもんなん？」

ひかりちゃんが目を丸くして訊いた。

楠木は氷を入れたグラスに緋色《ひいろ》のカンパリをとろっと入れながら、

「ミラノに行ったら、ボトルごと冷やしとってん」

氷を数個入れ、ソーダをゆっくり注いで軽くステア（混ぜる）。

そうして、カンパリソーダのグラスをカウンターの上にそっと置いた。

手を伸ばそうとしたひかりちゃんが、あ、と気づいて、

「マコトちゃん、飲みもの、どないすんの？」

東福寺はちょっと考えて、

「……同じもの、もらおうかな」

身をすくめるように言う。

「ほんま、オリジナリティのない人やなあ。マネしゴンボやわ」

マスターの楠木がやわらかく話に割って入り、

「じゃあ、カンパリをつかった別のカクテルにしましょう」

そう言うと、シェイカーに氷をコロン、カンパリをトクトクと入れ、小気味《こきみ》良い音をさせてシェイカーを振り、よく冷やしたカクテルグラスにやさしく注いだ。

ひかりちゃんも東福寺も楠木の手際《てぎわ》の良さに驚き、できあがったカクテルの美しい色に言葉をのんだ。左端のスツールに座る南方も、伸び上がるようにしてカウンターを見つめ、ほう、と嘆息する。

カクテルグラスには天井からピンライトがあたっている。

注がれた液体は、底のほうは透明なルビーレッドだが、上にいくにしたがって細かい気泡でグラデーションがかかり、グラスの縁のところはクリームみたいにふんわり盛りあがっていた。

「やんっ。めっちゃおいしそう」

ひかりちゃんが目を輝かせる。

隣の東福寺も思わず、ごくん、とのどを鳴らした。

「カンパリ・シェカラートです」

楠木がカクテルグラスをカウンターの向こうからすーっと滑らせる。液体は、もちろん、一滴もこぼれない。

「これは乾杯せんと、飲《や》ってください」

そう楠木は続けた。へたにグラスを動かすと、カンパリ・シェカラートがこぼれるからだ。

いきなり酒好きのオッサン顔になった東福寺は、華奢なステム（グラスの脚）を毛の生えた太い指でつかむ。小さく南無阿弥陀仏を三回唱えると、日本酒の升酒《ますざけ》を飲むように口のほうからグラスにもっていき、ずずずと音たててシェカラートを飲んだ。

ひかりちゃんはそのオヤジくさい飲み方にちょっと顔を曇らせたが、のどの渇きに耐えきれず、カンパリソーダをぐぐっと呷《あお》る。

楠木と南方は、東福寺の唱えたお経にかすかに首をかしげた。

＊　　＊　　＊

東福寺はカクテルグラスを置くと、

「意外とカンパリって美味《うま》いんだな」

しゃがれ声で言い、手の甲で口をぬぐった。

マスターの楠木は黙ったまま、まぶしそうな顔になってうなずく。

「甘ったるい女の酒だとばかり、思ってたなぁ」

さっきより言葉数が多くなっている。酒がほんとうにおいしかったのだろう。

ひかりちゃんは、そんな東福寺にちょっと愛《いと》おしそうな目を向け、

「ほんま、マコトちゃんって正直やわ。子どもみたい」

ふふ、と笑って、「カンパリソーダもキンキンに冷えてて、めっちゃおいしいよ」

「おそれいります」

楠木が謙遜《けんそん》する。

「カンパリに空気を混ぜるだけで、こんなふうになるのか……」

興奮さめやらぬ東福寺が、ドスのきいた声で続けた。

カウンターの端っこで耳をそばだてていた南方《みなかた》は、こんな声がブルースにぴったりなんや、と関係のないところで感心する。

「よかったぁ、マコトちゃん、飲み助やから。でも、いっつもオーダーよう決めへんもんなあ」

ひかりちゃんはこんどはクスッと笑い、うれしそうに言う。

カウンターをはさんだ三人の明るさについ釣られ、

「決められへんのは、ぼくなんかしょっちゅうですよ」

酒で口が軽くなった南方が、われ知らず身を乗りだして話に入った。

東福寺とひかりちゃんがちょっと引いたので、すんません、とつぜん会話に割り込んで、と南方は照れ笑いしながら頭をかいた。

——さっきのナンマンダブで針が振れたんかな……。

楠木はそう推しはかった。が、もちろん黙っている。

同業者とちゃうやろか……と南方は南方で思っていた。

東福寺は南方のほうにゆっくりからだを向け、半端な笑みを浮かべながら口を開いた。

「年をとればとるほど、ものごとを決められなくなるもんですな」

「そんなもんですか……」おれはもっと決められへんようになるんか。

「生きてるかぎり、迷いというものはある」

東福寺が口を動かすと、黒く太い眉毛も上下に動いた。

「欲望、すなわち、迷いですからな。『限りないもの、それが欲望』という歌がありましたな。まったく悟りというのは難しい。いくつになってもどうしようもない自分がおるだけですな」

山頭火《さんとうか》みたいなこと言うてはるな、と南方は思い、

「あのう……ひょっとしてお坊さん、ですか？」

単刀直入に訊いた。

東福寺は、一瞬、ぱちぱちとまばたきをし、

「よく、わかりましたな」

上を向いて大きな腹を揺らすようにして笑う。そして胸ポケットから細い葉巻《シガリロ》を一本取りだし香りをかぎ、ゆっくり火をつけて、それをくゆらした。

「なんとなく、さっきのお経で……」

「親鸞《しんらん》さんのとこですわ」

上等の葉巻の香りに包まれながら、東福寺はこんどは片頬《かたほお》で笑う。

「マコトちゃん、じつは偉いお坊さんやねんよ」

ひかりちゃんは自分のことのように誇らしげに言うと、東福寺の肩に頭をもたせかけた。

「北新地、よく来られるんですか？」

南方は訊いた。

「じつは『あこがれの北新地』という曲を学生時代に聞いて、マジで憧《あこが》れましてな」

「マジでって……エライお坊さんもそういう言葉、使うんですね」と南方。

「新しいものにはつねに触れておかんとね。言葉でも人でも」

東福寺はのどに痰《たん》がからんだ声で高らかに笑うと、スカートの上からひかりちゃんの太ももあたりにそれとなく手を置いた。よく見ると、耳から剛毛が数本出ている。

「しかし……いくら憧れてると言われても、新地のクラブなんてそうそう来られないでしょう?」

南方の言葉がちょっと皮肉っぽくなった。葬式仏教や、お布施をもらって無税でぜいたくをする坊主は、好きじゃない。

じつは、南方は北新地のはずれにあるこのバー堂島に来るにも、ちょっとした罪の意識との葛藤《かっとう》があった。

釜のおっちゃんは、こんなとこには一生来られへん。でも、友だちの店やし、たまには息抜きも必要や……。けど、そんなことにチマチマ悩んでると、なんか自分が小《ち》っちゃなって、ますます不自由になる気がする。それって、かえって仏の道から遠ざかることやないやろか、と自分に言い聞かせてもいた。

「マコトちゃん。北新地のクラブ活動だけが、唯一の気晴らしなんやて」

ひかりちゃんが、満面に笑みを浮かべて言う。東福寺はよっぽどの上客なんだろう。

「まだまだ煩悩が断ち切れませんでな」

いかにも高僧のような物言いをする。

それが南方の癇《かん》にさわった。

「結局のところ、なまぐさ坊主ですやんか」

冗談めかして突っ込んだ。

「般若湯《はんにゃとう》が好きなんじゃよ」

「はんにゃとう？　それってなんですのん？」

南方が訊く。

東福寺は、そんな言葉も知らんのか、この若造が、という見下した顔になった。

「僧の世界では酒のことをそう言うんじゃ。知恵出《い》づる湯という意味での」

「女性のほうは？」

「すっかり、役立たずでな」だみ声でこたえる。

「ほんまですかぁ？」

南方は笑いながらも、信じがたいという表情をつくる。ほんなら、なんでクラブなんかに通《かよ》てんねん？

「女性はわしの暮らしを彩る蓮《はす》の花、というところかの」

「じゃあ、お酒は？」

「命の水であり、知恵の水。だが、性欲は熱病じゃ。若いときは重い病《やまい》にかかっているようなものよ。振り返ると、あの渇望《かつぼう》はいったい何じゃったのかと思う」

東福寺はエロ親爺《おやじ》の顔になって笑う。

笑いすぎて涙が出たのか、色つき眼鏡をはずしてエルメスのハンカチで目のあたりをぬぐった。

眼鏡をはずした東福寺の目は、しかし、意外と可愛かった。

どこかで見た目ぇや、と南方は思った。

声にも聞き覚えがあった。

はたしてこの声を、この目を、いつ、どこで、見たのか、聞いたのか……。

さっきからずっと記憶をまさぐっていたが、どうしても思い出せない。のどの奥に魚の小骨が引っ掛かったように、もどかしい。


ちょうどそのとき、バー堂島の扉がきしんだ音とともに開き、

「ブォナセーラ！」

中肉中背の外国人が背すじを伸ばして入ってきた。両手に皿をもっている。イタリア人シェフのアントニオだ。後ろにはアシスタントの三宅《みやけ》クンがパルミジャーノ・レッジャーノのかたまりとチーズおろし器をたずさえて付きしたがっている。

「お待っとおさん」

アントニオがにこやかに挨拶《あいさつ》する。発音は完璧に関西イントネーションである。ふたりのどちらがジェノベーゼなのかを確認し、カウンターに二枚の皿をそれぞれ置いた。

「チーズ、かけまっか？」

古い大阪弁を勘違いして覚えたのだろう。いまどき、「まっか」なんて語尾は、わざと冗談ぽく言うときはともかく、ふだんの会話では使わない。誰かちゃんと教えたったらええのに、と楠木は思う。

「チーズ、たっぷりお願いしまーす」

ひかりちゃんが手をたたいてうれしそうに言うと、三宅クンがシャッ、シャッと慣れた手つきでパルミジャーノ・レッジャーノをすりおろす。

「ワイン、白、よろしおまんな」

アントニオが確信をもって言う。

イタリアの白やったら、うちにあるんは……と楠木は考え、

「ガヴィなんて、どうやろ？」

「ベニーッシモ！　めっちゃ合いまんがな」

アントニオが親指を立ててにっこりし、「ほなっ、さいなら！」と手を振り、三宅クンとふたり、風のように店にもどっていった。


「グラスでいいですか？」

楠木はワインクーラーから冷えたガヴィを取りだした。

東福寺はフォークとナイフでピッツァを縦横と碁盤の目のようにカットし、手でムシャムシャ食べはじめる。

「あかん、あかん。ピッツァは手ぇ使《つこ》て食べへんよ」

ひかりちゃんが注意する。

「はぁ？」

東福寺は首をかしげたが、ひかりちゃんの言葉には反応せず、

「あんまり味がせんな。タバスコ、あるか？」

むっとした顔で楠木にたずねた。

＊　　＊　　＊

結局、東福寺は不味《まず》そうにピッツァを少しだけつまんで、ほとんど残した。

「やっぱり、ピザはシェーキーズにかぎるな」

そう言うと、ガヴィを水のようにゴクゴクのどを鳴らして飲む。

——ありあまるほど、金、持ってるんやろうけど……。

楠木は首をかしげた。このおっさん、ものを知らんな。ほんまにエライ坊さんなんやろか？

いっぽう南方はシェーキーズという言葉にハッとした。

あのときの坊さんや……。

「真如《しんによ》さん」

南方はつるつる頭の坊主にからだを向けて、呼びかけた。

東福寺は、一瞬、動きを止めた。

「……」

不審げに南方を見つめる。

「真如さん、ですよね？」

東福寺の目が泳いだ。

横に座ったひかりちゃんも驚き、ワイングラスをカウンターに置いた。

「なんでマコトちゃんの法名《ほうみよう》、知ってるのん？」

南方はそれにはこたえず、

「ぼくのこと、覚えてはりますか?」

東福寺のほうに身を乗り出すようにして続けた。

「釜ヶ崎で、真如さんに親父の葬式、だしてもろたんです」

「………」

口をへの字にして、首をひねった。

「そら、そうですよね。もう四十年以上経ってますもん。葬式なんかぎょうさんやってはるやろし」

東福寺は眉間に皺をよせ、黙ったまま、ガヴィのグラスを口に運ぶ。

「お彼岸にも、ちゃあんと来てくれて、そのあと新御堂筋のシェーキーズに連れてってもろたんです。覚えてはりますか?」

シェーキーズという名前に、こんどは東福寺のからだがビクッと反応した。

「生まれて初めてピザゆうもん食べさせてもろて、イタリアのお好み焼きやと言われて、ほんま感激しました。しかも食べ放題やったから、お腹《なか》パンパンになるまで食べましたよ。真如さんは、あの頃、ぼくの一条《ひとすじ》の光やった。ぼくにとっては西城秀樹《さいじょうひでき》よりもずっとずっとスターやったんです」

東福寺は居心地悪そうに、

「そういうこともあったかの……」

頭をつるりと撫《な》でて、つぶやいた。上まぶたが引きつっている。

きっと覚えてるんや……と南方は思った。

「じつは、ぼく、坊主なんです」

「え？」

東福寺の目が見開いた。

「真如さんに憧れて、坊主になったんです。あちこち旅しましたが、結局、釜ヶ崎にもどって、真如さんがぼくにやってくれはったように釜のおっちゃんらと付きあいたいと思て、坊主になったんです」

「そうか。仏《ほとけ》の道にのう」

そう言うと、胸をそらすようにして、ふたたび白ワインでのどを湿らせる。

「マコトちゃんに憧れて、お坊さんになるやなんて、めっちゃすごいやんか」

ひかりちゃんが、ねえ、と東福寺の肩をやさしくたたく。

「いや、ありがたいことじゃ。ナンマンダブ、ナンマンダブ」

東福寺が南方に向かって、頭をさげて念仏を唱える。

南方は目をつむって、ぐっと言葉を飲みこんだ。

「さて、と」

東福寺がグラスの底まで一気に干して、カウンターの上にぞんざいに置いた。

「マコトちゃん。ほな、そろそろいいかなぁ」

ひかりちゃんが、首をかたむけ、口角をあげて訊く。

「うむ」

わざとらしく鷹揚《おうよう》にうなずいた東福寺は、ジャケットの内ポケットから、ヴィトンのクロコダイルの札入れを慣れた手つきで取り出した。

楠木も南方も、その札入れに視線が釘《くぎ》づけになる。

それは持ち主のからだと同じように、ぱんぱんに膨《ふく》らみきっていた。

＊　＊　＊

ふたりが足どりも軽く出て行った後、マスターの楠木はミネラルウォーターをグラスに注《そそ》いで、南方《みなかた》の前にそっと置いた。

南方はひと息に水を飲むと、ふうっと吐息をついた。

「真如さん、むかしはもっときれいな人やった。悲しいときは子どもと一緒に泣いて、ピザもおいしそうに腹一杯食べた……」

　おもわず語尾がふるえる。

「ま、季節も、ひとも、変わるしなぁ」

　楠木はそう言って、自分にもミネラルウォーターを注ぐと、ひとくち飲んだ。

「そうやなあ。頭ではわかってんねんけど……」

「他人《ひと》のこと言うてるけど、おまえも変わったよ」

「え？」

　南方は眉をよせ、目を見ひらいた。

　楠木は顔の前で手を振り、

「いやいや。ええように変わったんよ。前は、すぐキレてたから。ちょっとずつ仏の道に近づいてるんやで、きっと」

　南方はほっとして力が抜け、ごめん、もう一杯お冷やもらえる？　と訊いた。

　そのときバー堂島の重い扉が開いて、花屋のマロちゃんが、ハロー・アゲイン、と明るい声で入ってきた。

「ごめん、ごめん。あれから、えらい忙しなってしもて」

両手にいっぱい抱えたカスミソウが白く揺れている。

おもわず南方も振り返った。

「春の息吹《いぶき》がいっぺんに吹き込んできたようやね」

マロちゃんは顔をほころばせ、

「カスミソウって、英語でベイビーズ・ブレス（愛しいひとの息）って言うねんよ」

「まさに春の息吹やんか」

楠木がフォローする。

マロちゃんはカウンターの中にいる楠木に花束をさしだした。

「はい、プレゼント」

「えっ？　ええの？　うれしいなあ」

マロちゃんはこっくりうなずき、

「ごめんね。売れ残りで」

申しわけなさそうに言う。

「残りもんには福があるやろ？」

楠木が白い歯を見せた。

「ぼくなんか、ずーっと残りもんの人生やで」

南方がおどけて言う。

わたしもそうやわ、とマロちゃんが続けた。

「カスミソウはほかのお花とコラボしてもええし、これだけでもきれい。じつは、めっちゃ、ふところの深いお花やと思うねん」

「カスミソウみたいな人に、なれたらええなあ……」

南方がため息まじりに言う。

「そうや。このお酒飲んでみて」

何かひらめいたのか、楠木が手を拍《う》った。

そして取りだしたのは、透明な液体の入ったボトル。キャップとラベルは鮮やかなルージュ（赤）の色。ライチのリキュール「ディタ」である。

グラスに氷をコロンと入れ、そこにディタをとくとくと注ぎ、次に冷蔵庫から取り出したのは、なんと、ミルクだった。

「これやったら、きみにも飲めるよ」

南方に向かってそう言いながら、楠木はグラスをミルクで満たし、バースプーンでゆっくりとステアする。マロちゃんと南方の前にすっと滑らせ、どうぞ、目顔で言った。

「こんなカクテル、はじめて」

マロちゃんは目を輝かせ、素早くグラスを持ちあげると、クーッと飲む。

「うわっ。これって、おとなのミルクやん。おいしすぎるぅ～」

南方もその声につられるようにしてグラスを口に運ぶ。

ひとくち飲むと、眉と眉のあいだが広がり、ふわっと力の抜けた顔になった。

「なんか絹みたいに上品なお酒やね。するする飲める。これ、ヤバイわ」

グラスを置いて、あらためて真っ白な液体を見つめる。

「やろ？　これ、ぼくのとっておきのカクテルやねん」

ちょっと楠木が胸を張って、つづけた。

「冷蔵庫にある飲みもの——たとえばオレンジ・ジュースとかグレープフルーツ・ジュースとか——どんな相方に合わせても、おいしく飲めるように作られたリキュールらしいよ」

南方はちょっと考え、

「なんか、カスミソウみたい……」

ぼそっとつぶやく。

楠木は自分用のディタミルクを手早く作ってひとくち飲むと、

「ディタって、相手を受け入れながら、自分の味もふんわり出すらしいよ」

「……でも、それって……なかなか、でけへんことやね」

マロちゃんが感心する。

南方はふたりの話に相づちを打ちながら、ディタミルクのグラスをとって、ほのかに漂うライチの香りをたしかめる。

と、どこからともなく、あの鐘の音が聞こえてきた。

三人はおもわず大きな窓の向こうに目をやった。

そこには、街の灯を映した堂島川が、音もなく流れている。

✦夏〜プカプカ酒

細かい氷のかけらが、午後の光のなか、クリスタルのようにきらきら輝く。シャッシャッシャッという音も涼しげだ。

「だいぶ、ええ感じやないですか」

氷を運んできた氷室光男《ひむろみつお》は楠木の横に立つと、感心しながら言った。

「いやあ。まだまだ……」

楠木は脇目《わきめ》もふらず、アイスピックで氷の角を削って丸い氷を作っている。ちょっと気を抜いて、いちど指を切ったことがあるので、以来、楠木は慎重にアイスピックを使うことにしている。

氷室は腕を組んで、楠木の手もとを見つめて訊《き》く。

「やっぱし、この丸い氷、相変わらず人気ですか？」

楠木はけっして氷から目をそらさずにこたえた。

「オン・ザ・ロック飲むのに、これやないとアカンっていうお客さんもおるしねえ。氷室さんのおかげさんや」

以前、東京で修業をしていたとき、師匠は丸い氷を作らなかったし、楠木自身も興味がなかった。そんな小細工をやっている時間がもったいないと思っていた。

ところが半年前、氷室から、丸い氷を使うとお客さんの評判よろしいでぇ、と聞いて、そんなもんかと思った。ちょうど客足が遠のいて、経営的に苦しい時期だった。

——ものは試しや……。

そう思って、丸い氷の作り方を素直に氷室に訊くと、氷室は手を取るようにして丁寧に教えてくれたのだった。

手先が器用な氷室は、イベントやパーティーで氷の彫刻をつくることもある。もともと勉強熱心なアイディアマンだ。夜な夜な北新地のバーをめぐっては、いったいどんな氷をどういうふうに使っているのか、と研究にも余念がない。

訪ねたバーで、いままで見たこともない氷——たとえば薔薇《ばら》のかたちに削った氷——を見たりすると、自分でも必ず作ってみる。眠っていても氷のことが頭から離れない。そんな職人肌の男である。

氷室が、楠木の手際のよさに、

「マスター、もともとギター弾いてはったから、氷削るときのリズムがちゃいまんなあ」

お世辞ぬきで褒《ほ》める。

「そんなふうに言われたら、体温あがって、氷とけてしまうやん……」

楠木はふーっと深く息をはく。また指先が狂って、ケガなんかしたくない。

と、さっきまで静かにしていたクマゼミが、シャンシャンッ、シャンシャンッとうるさく鳴きはじめた。

「外は、鬼のように暑いんやろうなぁ」

アイスピックを置いて後ろを振り返ると、大きな窓の向こうには真夏の青空とまぶしいほど白い入道雲が見えた。その下で、堂島川がぐったりと澱《よど》んでいる。

氷室は配達中の蒸し暑さを思い出したのか、おもわず顔をしかめ、

「暑いなんてもんと、ちゃいますよ。熱帯ですわ。車からでた瞬間、マレーシアかバンコクかって、ほんま、わからんようになりますよ。それに比べたら、ここはオアシスですわぁ」

「きみ、苗字《みょうじ》だけは涼しそうやのになあ」

いや、ほんま、と氷室は頭をかいた。

「氷屋にはぴったしの名前なんですけど、今日の暑さは、こら、ちょっと特別ですよ。自分まで溶けてしまいそうですわ」

「しかし、いま鳴いてんの、クマゼミばっかしやなぁ。昔はミンミンゼミやらアブラゼミ

もおったんやけど」

「クマゼミは南方系らしいですよ。これも温暖化――いや、こうなると熱帯化ですよね――と関係してるんちゃいますかぁ」

「なんかクマゼミだけって、ちょっとさみしいよね。声も一種類でモノトーンやもん。ウイスキーで言うたらシングルモルトって感じやな。でも、やっぱり、おいしいのはブレンディッドなんやけどな。ぼくは」

「さっすがバーテンダー。上手《うま》いこと言いはりますなあ。たしかにいろんな蟬《せみ》の声のハーモニーの方がよろしいねぇ。閑《しず》かさや　蟬にしみいる　岩の声　ってか」

「それ、ちゃうでしょ。閑かさや　岩にしみいる　蟬の声　やろ」

どっちでもええですやん、と氷室はまったく気にする様子もない。

「そういえば、うちの祖父《じい》ちゃん。からだのことを『かだら』、エレベーターのことを『エベレーター』言うてましたわ」

そう言って、ハハハと笑った。

「鉄筋コンクリートは、テッコンキンクリートやな」

楠木も釣られて笑いながら、丸い氷を一個削りおえるごとに、きれいな布でキュキュッと丹念に磨く。

すると、氷の表面がつるつるになり、透きとおった水晶の玉のようになっていった。そのあとロックグラスにぴたりとおさまる氷を作ったり、クラッシュドアイスを作ったりして、それらをいったん冷凍庫におさめる。店を開く十分前に、使う分だけ取りだして木桶《きおけ》に入れるのだ。

氷の扱い方は、すべて氷室から教えてもらったのである。

「楠木さん。バーテンダーにとっての氷は、寿司屋《すしや》にとってのシャリみたいなもんですよ」

氷室から言われたこのひとことが、大きかった。

冷凍庫から取り出して少し時間をおいた氷は、ほんのり角《かど》がとれ、カクテルをつくるときに、ミキシンググラスのなかでクルクルと回りやすい。

それもこれも氷室から言われた通りにやってみて、わかったことだ。

「氷の室っちゅう名前は、ダテについてへんよなあ」

楠木がつくづく言うと、

「氷ひとつで、お酒の味って変わりますやん」

いつも氷室は背すじをしゃんとして、胸を張るのだ。

「こんにちはぁ」

元気な声とともに、バー堂島の木製の扉が開いた。

「お、カナちゃん。久しぶりやねぇ」

マスターの楠木がグラスを磨く手を休めて、顔をほころばせる。

「やっぱり、ちょっと早かったかなぁ……」

カナちゃんと呼ばれた女の子がおずおずと訊いた。

「大丈夫、大丈夫。ちょうど開けようとしてたとこ」

「珍しいねえ。夏は稼ぎどきやないの？」

振り向いた氷室も顔をほころばせている。カナと氷室は店で何度か顔をあわせるお馴染《なじ》みさん同士だ。

上原《うえはら》カナはマニッシュ・ショートの栗《くり》色の髪をゆらりと揺らせ、楠木の真ん前のスツールにひょいと座ると、花柄の派手なハンカチで額の汗をササッとぬぐった。

赤のパイル地のハーフパンツに、フード付きの白のゆったりしたTシャツ姿だ。

ついこのあいだ、二十八歳になったばかり。スイミングスクールのインストラクターをやって八年になる。

「今日、月イチの公休日やねんよ」

人なつっこい笑顔でカナちゃんはこたえた。ずっと室内プールにいるから、肌がぬけるように白い。

「じゃあ、カナちゃんに会えたん、めっちゃラッキーやん」

氷室がお世辞ぬきで言って、

「ぼくも今日はこれで上がりにしよーっと。これ以上働くと、ほんまにからだ溶けそうやし」

自分の事務所にさっそく電話を入れ、カウンターにどっしりと腰をすえた。

カナは、片頬《かたほお》に笑みを浮かべながら、マスターの方を見て、

「今日みたいな日にぴったりのカクテル、何かお願いできますぅ？」

「ぼくもカナちゃんと同《おん》じで」と氷室。

「よっしゃ、まかしとき」

楠木がにやりとし、しばらく顎《あご》に手をやって考えていたが、ちょっと長めの12オンス・タンブラーを取りだした。

黒糖パウダーをほんの少し入れ、ソーダ水をたらして溶かす。

その上にミントの葉をたっぷり詰め、オールドフォレスターをトクトクトク。

ペストル（乳棒）で葉っぱをつぶしながらバーボンを染みこませ、さらにソーダを注《そそ》ぎ、

クラッシュドアイスで満たし、バースプーンでしっかりステア。

ミントの葉っぱを手早く飾りつけた。

「どうぞ」

楠木がカナと氷室の前にグラスを滑らせる。

「わあ。ミントたっぷり。みどり、効いてるわぁ」

カナが目の前でぱちぱちと手を拍《う》った。

「ほな、飲んでみんといい」楠木が言う。

つまらない駄洒落《だじゃれ》にカナはカウンターからずり落ちそうになりながらも、のどの渇きに耐えられずひとくち飲んだ。

と、目が真ん丸になった。

「変わったハイボールかなと思ってたら、なんかすっきりしてて、おいしいやん」

楠木は黙ったまま、くすぐったそうに笑う。

「このミントジュレップ、甘さが上品やね。ミントの爽《さわ》やかさが際立《きわだ》ってる」

氷室がひとつうなずいて言った。

「夏のカクテルって言われたから、モヒートにしようかなって一瞬思たんやけど、カナちゃん、たしか午年生《うまどし》まれやったやろ?」と楠木。

「よう覚えてはるねぇ」

「記憶力だけは確かやねん」ちょっと得意顔になって、「馬にちなんで、ミントジュレップにしてみてん」

「えっ、なんでなんでぇ？」

前のめりになってカナが訊く。

「アメリカのケンタッキーダービーって競馬の、オフィシャル・ドリンクやねん」

「バーボンもケンタッキー生まれやしなあ」

氷室が合いの手を入れる。

「このカクテル、きっと、わたしと馬が合うんやわ」

「黒糖も沖縄《おきなわ》産や」

楠木がカナの目をちらっと見た。

「でーじ《とても》、うれしいさぁ！」

カナが相好《そうごう》を崩す。祖父と祖母は沖縄出身なのだ。

氷室は真面目《まじめ》な仕事人の顔になってタンブラーの氷を見つめ、

「なんちゅうても、クラッシュドアイスの粒の大きさ、ちょうどええ感じやわ。この砕き方、なかなかでけへんよ」

思いをこめて言い、こんどはミントジュレップをぐいぐい飲んだ。

氷のプロの言葉に、楠木は悪い気はしなかった。

＊　＊　＊

上原カナの祖父は沖縄の糸満《いとまん》、祖母は名護《なご》の出身で、ふたりは大阪・大正区《たいしょうく》で出会って、カナの父が生まれた。父もまた、同じ沖縄の血をひく母と恋に落ちて、結婚。紡績工場に勤めながら、三人の子どもを育て上げた。

祖父はもともと海人《うみんちゅ》だったが、からだを壊して大阪にやってきた。とうぜん泳ぎは得意だった。でも、大阪の海では一度も泳いだことはない。あんな茶色の水は海とは言わんさ、というのが口癖だった。

だから祖父はカナの父を海に連れていったことはなかった。おかげで父はずっとカナヅチで、台風の高潮で溺《おぼ》れかけ、それがトラウマになって水泳からますます遠ざかってしまった。

しかし、どういうわけか、カナは幼い頃《ころ》から泳ぎが得意だった。祖父は、そんなカナをとても可愛《かわい》がり、「糸満に生まれていたら、いい海人になったさぁ」と悔しがった。

水泳にかぎらず、カナはスポーツ万能だった。

小学校入学以来、徒競走は必ず一位だったし、マラソン大会でも優勝。バレーボールやソフトボールをやらせても誰《だれ》にもひけをとらなかった。中学・高校は水泳部で活躍し、高校時代は大阪府大会で二位になった。

そんなカナに、東京の有名私立大学水泳部からのスカウトもあった。でも、どうしても生まれ育った大阪を離れる気にはなれず、地元の大学に進んだ。

もちろん水泳部に入ったが、一回生の夏の合宿後、瀬戸内《せとうち》の島に仲間とキャンプに行き、その海で好き放題に泳いでしまったのがいけなかった。

大阪に帰ってから久しぶりにプールで泳ぐと、なぜか、からだが沈んでしまう。いくら練習しても、からだは以前のようにうまく浮かない。水に乗らないのだ。

結局、大事な試合で満足のいく結果をだすことができず、それ以降、いくら努力しても、勢いにのっていた頃の泳ぎの感覚を取り戻すことはできなかった。

翌年の競技大会でも惨敗が続き、カナは自分の限界を感じて競泳を断念。しかし、少しでも水と関《かか》わっていたくて、スイミングスクールのアルバイトをはじめた。

これからは速く泳ぐことよりも、水泳の楽しさをみんなに教えたい——そう思って、インストラクターになったのだった。

頭のなかには、海人の血を継ぎながらも、泳げなかった父の姿があった。

カナはスモークチーズをつまんで、ミントジュレップをクッと飲み、

「燻製《くんせい》って、けっこうバーボンに合うんやね」

カウンターに肘《ひじ》をついてマスターの楠木に話しかけた。

「そうやね。ぼくらの世代は、バーボンといえば、必ずビーフジャーキーがアテやったね」

CDを替えようとしていた楠木が、顔をあげながらこたえる。

氷室がうなずき、

「子どもの頃、ようアメリカとかハワイのお土産《みやげ》でもらいましたわ。硬《かと》うて硬うて、歯ぁバキって折った友だちもおったし……。知らんけど」

「ほんまかいな」

楠木が軽く突っ込む。

おどけた顔になって、氷室が、はは、と笑う。

「そんなことばっかり言うてると、いまに『知らんけどオジさん』て言われるよ」

プッと噴き出しながらカナが言うと、氷室が、このあいだな、と頭をかきながら、

「東京から来た友だちにいろいろ一所懸命しゃべってな、最後に『知らんけど』って言う

たら、そいつ、マジに怒《おこ》りよってなぁ」

「あたりまえや。大阪の人、みんなええ加減やと思われたら、どないしてくれんねん」

楠木が再び突っ込んだ。

「ま、話はおもしろく、飲みものは冷たく、男は硬く――いうことで」

「きみの言うことは話半分に聞いとかな、あかんわ」

「たかだか人生八十年。笑《わろ》ても一生、泣いても一生」

「そらそうや」

「知らんけど」

氷室と楠木のやりとりを見ていたカナが、また、くすっと笑った。

店の隅に吊《つ》り下げられたスピーカーから、硬質でリリカルなピアノの音が微《かす》かにかかってくる。シブく包みこむようなボーカルがすーっと体に入ってきた。

「この曲、めっちゃええ感じやわ。なんか涼しなるぅ」

カナが耳をそばだてる。

「今日みたいな蒸し暑い日に、ぴったしかなって」

楠木がこたえると、カナが窓の向こうを眺めながら、

「マスター。さすがやわ。にじんだ景色も、ちょっとシュッとしてきたわ」

「グレゴリー・ポーターいうジャズのおっさんの『ウォーター・アンダー・ブリッジズ』って曲やねん」

「まさに、大江橋《おおえばし》の下を流れる夕映えの堂島川やね」

氷室が相づちを打つ。

カナは川面《かわも》に浮かんでゆったり流されていく三羽の鴨《かも》を見つめ、

「流れるままって、きっと気持ちええんやろうなあ」

氷室は、ほんまやね、と言って、

「風の強いとき、カラスが風乗りして遊んでるやん。あれも、見てるだけで楽しそうやもん」

「でも、流れに身ぃまかすのって、じつは、けっこう難しいんよね」

カナはミントジュレップを一気に飲みほすと、小さく吐息をついた。

＊　＊　＊

バー堂島の扉がきしんだ音をたてて開くと、いきなり野太い男の歌声が耳に飛び込んできた。

「♪さあ、ねぶりなさい〜」

楠木が、あちゃっ……という顔をし、やれやれと首を振って目を閉じる。

男は、そんなことにはいっこうお構いなく、花道を歩くスターのように胸をはり、両手を腰にあて下半身を突き出し、ゆったり進んできた。

迷彩色のTシャツにカーキ色のカーゴパンツ。角刈《かくが》り頭で筋肉質。中年のわりに胸板も厚く、腕も太い。どう見てもバリバリの肉体派である。

おもわずカナは後ろを振り向いた。

目と目が合ってしまう。

と、男はすかさずウインクして、お茶目に笑う。

同じように背後を見やった氷室は、見知っているのか、角刈り男に向かって軽く一礼した。

「おぅ。久しぶりやん」

悠然《ゆうぜん》とうなずきながら、男はカウンターの真ん中の席にどすんと腰を下ろした。

楠木の小中学校時代の同級生、金田哲男《かねだてつお》。またの名をキム・ヨンチョル。

大阪南部の海沿いの工場街に生まれ育ち、いまは天満《てんま》駅近くの天神橋筋《てんじんばしすじ》でお好み焼き屋をやっている。

「マサシゲ」と金田は楠木に向かって呼びかけ、「ホワイトホースのハイボール。濃いめでな」

くしゃくしゃになったハイライトのパッケージから、ぐにゃっとなった煙草《タバコ》を取り出し、一〇〇円ライターで火を点《つ》けた。マサシゲとは、楠木が子どもの頃につけられたあだ名だ。楠木正成《まさしげ》の血筋と称する楠木をからかってのことである。

「今日は、えらい早いやん」

言いながら、楠木が冷凍庫からウイスキーを取り出すと、ボトルの周りに白い霧がたった。

「あまりの暑さにエアコン壊れてもうてな。冷房のきけへんお好み焼き屋って、ワヤやがな。今日は臨時休業や。あ、ほんで、こちらさんは……」

金田がカナの方にちらっと視線を走らせて訊いた。

カウンターの向こうで、楠木は腰のくびれたウィルキンソンの炭酸水を大きめのグラスにシャバシャバ注ぎながら、

「スイミング・インストラクターの上原カナちゃん。おまえ、初めてやったかな」

「カナちゃん、かなぁ？」

金田がスツールから身を乗り出すようにして言う。

カナは駄洒落に取り合わず、白い歯を見せて、あらためてぺこりと挨拶《あいさつ》する。

「こんなべっぴんさんとお目にかかれるやなんて、今日は休みにして正解やったわぁ。おれ、直感冴《さ》えとんな。な、な？」

しつこく同意を求めるので、氷室も、

「ほうでんなぁ、さいでんなぁ」と相づちを打つ。

「あんな、カナちゃん。こういうとこ来るオヤジって、ほんま口うまいから、気ぃつけなあかんよぉ」

金田がやさしい声音で言う。

「それは、おまえや」

楠木がすかさず突っ込み、はい、ホワイトホースのハイボール、と言ってグラスを金田の前に滑らせた。氷は入っていない。

間をおかず、カナがさっと手を挙げる。

「マスター。わたしも同《おんな》じの」

楠木がボトルを持ってニコッとし、

「お、さっき言うてた流れに身をまかせたオーダーやん。そういえば、このウイスキーも午年《うま》のカナちゃんとは、また馬が合うはず」

ひと息に半分ほどを飲みほした金田がグラスを置いて言った。

「ホワイトホースは濃ゆいから、ハイボールにぴったしやな」

そら、よかった、と楠木は軽く流して、カナの目の前にドライ・アプリコットの皿を置きながら、訊《き》いた。

「さっき、流れに身をまかせるのは難しいって言うてたけど……」

いつも明るいカナがうつむき加減でつぶやいたのが、気になっていたのだ。

あ、あれ……とカナは口ごもった。

「……最近、なんか自信、揺らいでるんよ」

ちょっと肩をおとして言う。

「ジシンって、ふつう揺れるもんやろ」

角刈り頭の金田が口をはさんでくる。

「それ、地震、ですわ」

すかさず氷室が突っ込む。

楠木は眉《まゆ》を八の字にして、

「きみら、悪いけど、茶々入れんの止《や》めてくれる？　いま、大事な話してんねん」

金田と氷室は「す、すみません」とっさに首をすくめた。

「で、自信って……?」

楠木がカナに向かってやさしく話しかけた。

「……泳ぎを教える、自信です」

「なんか、あったん?」

カナはハイボールのグラスを見つめたまま、ほんのしばらく黙りこみ、やがて意を決したように口を開いた。

「いま、個人レッスンを担当してるんですけど、生徒さんのひとりが、子どもの就職もやっと決まって羽を伸ばしはじめたオバチャンなんです。ダンナさんは一流企業の重役さん。子どもも手ぇ放れたんで、ずーっと習いたかった水泳教室に通いに来《き》はってん」

「そら、けっこうなご身分やん」と楠木。

「でも、そのオバチャン、どんだけ教えても、ぜんぜん泳げるようになれへんのです」

「思いっきりデブで、水に沈んだまま一生浮いてけえへんとか」

懲《こ》りずに、横から金田が口をはさんできた。

ちゃうちゃう、とカナが強張《こわば》った笑みをうかべて、顔の前で手を振り、

「ふつうの小太りサイズ。でも、ちょっとむずかしい性格って言うんかな」

眉を曇らせた。

「むずかしいって……？」

楠木が腕を組む。

「イケズとか？」

金田がのぞき込むようにして訊く。

「イケズとはちゃうねん。恐ろしいくらい頑固やねん」

「あんたの言うこと、ぜんぜん聞いてくれへんの？」と金田。

「うん。三カ月経《た》っても、ぜんぜん泳げるようになられへん」

カナが口をとがらせた。

「根っから運動神経にぶいとか？」

ううん、とカナは首をふり、

「学生時代、ソフトボールの選手やったそうやし。わたし、いままでいろんな人に教えてきて思うんやけど、水泳ってあんまり運動神経とは関係ないんとちゃうんかなぁ。オバチャン、なんか背中に甲羅背負《しょ》ってるみたいに、いっつもガッチガチに力はいってるんです」

ため息ついて、ドライ・アプリコットをひとつ口に入れた。

氷室はミントジュレップのグラスをゆっくりまわして、残ったクラッシュドアイスをシヤラシャラさせた。

楠木は、ビールサーバーから自分用のドラフトビールを注ぎ、ひとくち飲んで、

「素朴な疑問やけど、そのオバチャン、そもそもなんで水泳、習いに来てんの?」

カウンターの向こうから訊いた。

「セレブのマダム仲間にバカにされたんが、きっかけやそうです」

「泳がれへんのを?」

「むかし、お仲間のクルーズ船に乗ってるときに、うっかり海に落ちて死にかけたらしくて。マダムたち『いやっ、たいへんやわぁ! 大丈夫ぅ?』って口々に心配してくれたそうやけど、心ん中ではせせら笑ってるのが、ようわかったんやて。それが、ごっついトラウマになってるみたい。で、ぜったい見返したる! って。あのオバチャン、ひといちばい鼻っ柱強いから」

「なるほどなあ。でも、その気持ち、ようわかるよ」

楠木が大きくうなずいた。

おもわず金田が両手をパチンとたたいて、にやりとする。

「そうや。おまえやったら、痛いほどわかるわなあ」

楠木はちょっと居心地《いごこち》悪そうな顔になった。

カナは小首をかしげ、氷室も不思議そうな顔で楠木と金田を交互に見くらべた。

「こいつな、ガキの頃、カナヅチやっててん。おまけにごっつ肥《こ》えとったから、ブーちゃんて言われとったんや」

クックックッと金田が笑う。

「いらんこと言わんで、よろし」

楠木が唇の前に人さし指を立てた。

＊　　＊　　＊

「マスター、泳がれへんかったたって、ほんまなんですか？」

カナがちょっと驚いた顔で訊いてきた。

「う、うん……」

「いまは泳げるようになりはったん？」

「中学のときは水泳部やったよ」

「ほな、それって小学生のときの話？」

そうそう、と金田が二杯目のハイボールをすするように飲んで、口を開いた。

「こいつ、勉強はようできたんやけど、なんせブーちゃんやったから、跳び箱とばれへんし、走ったらべべ（びり）やし。鈍《どん》くさいことこの上なしやってん。ときどき東京弁みたいなヘンなイントネーションでしゃべるから、『なんや、女みたいな言葉使いよって』って、よう周りから苛《いじ》められとってん」

「へーっ！　いまのマスターからは考えられへん」

「ま、人生、いろいろありまんがな。知らんけど」

　氷室がうなずく。

「マサシゲのお母ちゃん、生まれも育ちも東京の人やから、えらい上品な言葉しゃべっとってん。おれらの住んでる街で、そんなきれいな言葉、聞いたことあらへん。むかしは、いまの子ぉらみたいに上手に標準語なんかしゃべられへんかったもん。なあ」

　金田が楠木に同意をもとめた。

「そうやなぁ」

　楠木はうなずき、「幼稚園でも、ほんま苦労したわ」

　そう言って生ビールをクーッと飲む。

「お父さんも東京の人なん？」

　カナが訊く。

　楠木は、首を振って、

「ちゃうちゃう、もろ大阪、泉州《せんしゅう》」

「わっ。ガラ悪《わる》っ」

おもわずカナが口走る。

「親父《おやじ》、もう死んでしもたけど、東京のこと、めっちゃ好きやったなぁ。おふくろと知り合《お》うたんも東京やったし」

「なんで東京なん？」

「大学、東京やったんよ。それこそ、カナちゃんと同《おん》なじように、水泳の有名選手やってね。東京の私大の水泳部にスカウトされてん。推薦入学っていうやつ」

「ひゃあ、それも初めて聞くわ」

「だれが聞いてもバリバリの大阪弁やったのに、『お父ちゃん、ぜんぜん大阪弁ちゃうでぇ』ってよう言うてたなぁ」

楠木が言うと、

「おもろいお父さんやってんな」

カナも氷室も笑った。

「マサシゲは家では東京弁、外では大阪弁。しっかり使いわけとったな」

金田がハイボールのグラス片手に言った。

楠木は頭をかきながら、

「じつは、幼稚園に行くまで、大阪弁うまいことしゃべられへんかってん。家にいると、おふくろと一緒やから、ずっと東京弁やん？　親父は忙しかったから、ほとんど家におれへんかったし。そやから、ぼくの大阪弁、なんかちょっとヘンやって、よう言われんねん」

「周りからハミゴ（仲間はずれ）にされとったんが、こいつとおれや」

金田が美味《うま》そうにハイライトをくゆらせる。

「ある日、悪ガキらにシバかれそうになったことがあってね。そしたら、金田がどこからともなくピャーッとあらわれて、ぼくのこと助けてくれたんよ。ほんま、こいつ、喧嘩《けんか》強かったからな」

「マサシゲは口は達者やったけど、なんせ運動神経ゼロやろ？　林間学校の肝試《きもだめ》しでもめっちゃビビッて、オシッコちびりよってん。水泳の授業んときは、みんな五十メートルプールで練習してんのに、ひとりだけ幼児プールでちゃぷちゃぷ水遊びやっとったもんなぁ。あれは、なんか可哀想《かわいそう》やったなあ」

楠木は軽く咳払《せきばら》いする。

「……そういえば、カナちゃんのお父ちゃんも泳がれへんかったやろ？　ぼくんとこの場合、親父はめっちゃ上手《うま》かってんけどな」

「うちとは逆やね」

「何度か親父に連れられて海に行ったんやけど——その頃、大阪湾でも泳げてたんよ——ぼくがあんまりビービー泣いて、水こわがるから、こいつに水泳教えてもしゃあないと思たみたい」

「じゃあ、マスター、どないして泳げるようになったん？」

カナが訊くと、金田が待ってましたとばかりに身を乗りだした。

「百科事典や」

「は……？」

カナがきょとんとする。

「そこが、こいつの偉《えら》いとこやねん。ガキの頃からようけ本読んどってな。百科事典で『犬かき』と『平泳ぎ』調べて、その絵ぇ見ながら家の床に寝っ転がって、型《かた》を練習したらしい。それから市民プールに毎日通って、泳げるようになってん。おれ、こいつのそういう努力家んとこ、ちょっとリクエストしとんね」

「あの……それ言うなら、リスペクト……」

氷室がぼそっと言う。

「どっちゃでもええやろ」

金田がキッとにらみつけ、「とにかく見かけによらんのや」

濁声《だみごえ》になって言う。

カナが感心しながら楠木の目を見てたずねた。

「必死のパッチで泳げるようになりはったんて、もしかして、みんなからバカにされたからですか？」

「オバチャンと同《おんな》じや。とにかく見返したかってん」

「おれも夏休み、自転車ギーギーこいで、暑《あっつ》いなか一日も休まんと一緒にプールに通ったで」

と金田が胸を張る。

「金田さんは、泳げたんでしょ？」

「おれはな。そやから、マサシゲにちょっと泳ぎ教えたろ思て、さ」

「へえ。見た目と違って優しいんですね」

「見た目と違って、は余計やわ」

金田がリアクションすると、

「いや、正直な意見ですわ」

氷室がかぶせる。

「泳げるようになるまでどれくらいかかりました？　何か、きっかけあったんですか？」

マジな目でカナが訊いてくる。

金田がなつかしそうに、ふたたび口を開いた。

「そうやなあ。あれは、市民プールに通いはじめて二週間たった頃やったかなあ。プールの端っこに、なんとマサシゲ憧《あこが》れの女の子の姿が見えてん。で、すぐさま、『おい、真理《まり》ちゃん、おるでぇ』って教えたった。『え？　どこどこ？』ってマサシゲ、急に元気になりよってな」

「それ、よう覚えてるわ」

楠木が恥ずかしそうに言う。

「こいつ、真理ちゃんのケツ追いかけて泳いでるうちに、自然と目ぇ開《あ》けられるようになってん」

なあ、と金田が楠木のほうを向いて相づちを求めた。

「それまでは、ほんま怖うて、ぜったいに目ぇ開けられへんかった。水中ジャンケンやらされても、ずーっと目ぇつぶってたもん」

「あれからや。マサシゲが泳げるようになったんは」

「やっぱり、人間、なにかに夢中になると、怖さ忘れるんやね」

　カナがあかるい声になって笑った。

「そやけど、今やったらゴーグルなしなんて、考えられへんよね」

　楠木が言う。

　カナが、ううん、と首を振り、

「最初わたしもゴーグルなんかつけてへんかったんよ。そやから、初めてゴーグルつけたときのこと、よう覚えてる。水族館みたいに、水ん中がクッキリきれいに見えるようになって、めっちゃ感動したもん。いま、子どもに教えるときも、最初はゴーグルつけさせへんのよ」

「え？　なんで？」

　金田が訊いた。

「水に慣れてもらうため。もしゴーグルに水入ったりしたら、パニクるでしょ？　それって、ほんまに泳げることにはならへんからね。うちのクラブでは、目ぇ開けられるようになってから、はじめてゴーグルつけさせることにしてるねん」

「それは、ええ考えや」と楠木。

「いままではずーっと子どもの教室受け持ってたんです。子どもの場合、ビート板とかで遊ばせてるうちに、自然と水に慣れていくんやけど……」

「おとなは、遊び心のあるやつ、少ないからな」

金田が言う。

「金田さんは遊びだらけ、隙《すき》だらけですもんねぇ。知らんけど」

氷室が突っ込む。

「おれ、一〇〇パーセント天然。オール・ナチュラルやねん」

金田が、うれしそうに白い歯を見せる。

カナはかすかに顔をほころばせたが、すぐその笑みを消し、

「オバチャンにビート板させたら、アホみたいに力はいってしまうんです」

「おとなは何かと力《りき》みがちや。いっぺんビート板の練習やめてみたら、どうなんやろ?」

楠木がさらっと言う。

「正直いうて……泳がれへんおとなの人って、わたし、初めてなんです……」

カナの声がちょっと小さくなった。

「おとなは、ついつい頭で考えがちやもんなぁ」

楠木がこたえると、ほんまにそうですよ、と氷室が口をはさんできた。

「おとなになってから自転車に乗るのってむずかしいですやん。それと同じちゃいまっか。

ほら、『燃えよドラゴン』で、ブルース・リーが言うてるやないですか。『Don't think. feeeeeel!』って。考えんと感じてみぃ、ですわ」

「やるやるとは聞いとったけど、氷室クン、なかなかやるなぁ。たまにはええこと言うやん」

金田が氷室をからかった。

楠木も、ほんまフィーーールやで、とつぶやき、

「泳がれへん人に、なんぼビート板でバタ足やらせても、けっきょくのところ、自分のちからでは水に浮いてへん。そやから、ずーっと泳がれへんままやねん」

やさしくコメントした。

「…………」

カナは、ため息ついて肩を落とす。

と、いきなりお腹《なか》がクーと鳴って、一瞬、あ、と顔を赤らめた。

「からだは正直や。ま、そう浮かかん顔せんと、なんか腹《はら》に入れようや」

金田は横に座ったカナに言い、カウンターの向こうにいる楠木に向かって、

「おまえのイチオシのパスタ頼むわ。あのけったいな大阪弁しゃべるイタリア兄ちゃんとこのな。カナちゃん、シェアして食べよかぁ、何か嫌いなもん、ある?」

カナは首を左右に振る。

「ほな、マサシゲ、さっそくオーダーしてくれや」

「あ、あの……ぼくもそれに乗っかって、よろしいですかぁ？」

氷室がおずおずと言う。

「しゃあないなぁ、まかしとき」

楠木は携帯を取りあげると、すぐさまアントニオに電話をかけた。

＊　＊　＊

「オジャマ・パジャマーッ！」

重い木製扉を開けて、イケメンのイタリア人が背すじを伸ばして入ってきた。右手にお皿をもち、左手にスパークリングワインのボトルをもっている。

バー堂島の並びにあるイタリア料理店のシェフ、アントニオ・ベニーニだ。

後ろには、アシスタントの三宅クンが、両手にお皿をもって付きしたがっている。

「待ってはったん、マンハッタン」

アントニオがお皿をカナの前に置いて、にっこり笑う。大阪暮らしが長く、イタリアなまりの大阪弁で笑いをとれることに味をしめてしまったのである。

「わぁ、おいしそう！」

さっきまでのカナの憂い顔は、ナポリの青空のような笑顔になった。

「こんなパスタ、はじめてやわ。何て言うやつ？」

「ニョッキ、いいまんねん」

「なんか、ぷにぷにしてる」

「言うたら、イタリアの水団《すいとん》でんな。小《ち》っこい団子ですわ」

「トマトソースの赤、バジルの緑、ニョッキの白、めっちゃきれいやわぁ」

「イタリア国旗の色でおまんにゃわ。あ、ほんで……」

と言って、アントニオは左手に持っていたスプマンテ（イタリアのスパークリングワイン）をカウンターに静かに置いた。

「これ、店からのサプライズ」

「えっ、ほんまに？」

楠木がちょっと恐縮した。

「ノンチェ・プロブレーマ。正《マサ》には、たんとお世話になってますやん。みんなで飲んでみーな、マンマミーア」

わけのわからない大阪弁をつかうアントニオの横で、アシスタントの三宅クンが金田と

氷室の前に、お皿を手際よくセッティングし、

「シェフのオリジナルです。来月からうちの定番パスタの一つにしようと思ってるんです
が、みなさんのご意見をうかがいたくて。さ、冷めないうちに、どうぞ、どうぞ」

「プレーゴ、プレーゴ」

アントニオがにこやかにみんなに薦め、楠木がフルートグラスを用意する。

スプマンテの栓がシュポンッと開けられた。

麦わら色の液体がきめ細かな泡とともに注がれると、やわらかい葡萄《ぶどう》の香りが立ちのぼ
り、バーの空間にふんわり広がっていった。

楠木はアントニオと三宅クンにもスプマンテを注ぎ、みんなで乾杯。

ひとくち飲んで、ニョッキをぱくついたカナの眉間が、みるみるうちに開いていった。

「この独特の食感、たまらへんわぁ」

すっかりハマってしまったようで、夢中になってフォークを動かしている。

「トマトソースとの相性、バツグンや」

お好み焼き屋の金田は、さすがにソースが気になるようだ。

「このスパークリング。すっきりしてて、よろしいな」とうなずいた氷室が、マスターど
うでっか、と訊いてきた。

楠木もあらためて味わうようにして飲み、ボトルのラベルをしげしげと見つめながら、

「ふくよかやけど、キリッとしてる。泡もすごく繊細で上品やし。バレリーナが平べったいシャンパングラスを捧げて踊るラベル。これも面白い。コントラットってブランドなんやね。これ、うちにも置くわ」

そう言うとアントニオに向かって、ええもん教えてもうておおきに、と頭をさげた。

アントニオは顔の前で手を振り、

「かまへんかまへん。気にせんといて」

ほんのり頬を染めてこたえた。

カナがそのアントニオに向かって、

「ニョッキってどうやって作るん？　このもちもち感、クセになりそう」

と訊く。

「マッシュポテトに小麦粉まぜて、湯がいて作るんですわ」

「湯がき加減が大事なんやろか？」

カナが重ねて訊いた。

「火にかけてしばらくすると、鍋《なべ》に沈んでたニョッキが自然とぷかーっと浮かんできまへんねん。そこをひょいとすくいあげる。ポイントは湯から上げるタイミングですわ」

「それより早くても遅くても、この食感じゃなくなるんです」

と三宅クンが補足する。

カナは二人の話に何度もうなずく。

「火加減とタイミング、めっちゃ大事でっせ」

アントニオがお茶目にウインクした。

＊　＊　＊

アントニオと三宅クンは、カナと金田、氷室の反応に「来週から自信もって、ランチの定番にできます」と喜んで帰っていった。

「さっすが、イタリアのイケメン。シュッとしてるわぁ」

カナの瞳《ひとみ》にはハートマークがたくさん浮かんでいる。

まだ残っているスプマンテをカナのグラスに注いであげながら、楠木が言った。

「鍋の中のニョッキって、ぷかぷか浮かんでくるんやね」

カナは、ほんまやね、と相づちを打つ。

「きっとニョッキも鍋に入れられたときは、ちから入ってるんやわ」

氷室が、めずらしくマジな顔になって言った。

「なんにせよ、まずはオバチャンに水を感じてもろて、自然と浮かんでくるのを待つことちゃいますかぁ」

「頭ではわかってんねんけど……」

カナがつぶやくと、金田が口を開いた。

「さっき氷室クンが言うてたFeeeelやで。あんたもオバチャンも頭で考えすぎてんねん」

金田のことばを受けて、氷室がカナに問いかけた。

「バーで使う透明な氷と家の冷凍庫でつくる白っぽい氷と――その作り方の違い、わかりはります？」

「氷屋さんのはきれいな水から作るけど、家でつくんのは水道水って違い、かな……」

「半分当たり、でも、半分はずれ。うちらの氷は不純物のないきれいな水を使うんですけど、もっと大事なんは、なにより時間をかけて、ゆっくり凍らせることなんです。焦《あせ》ったらあきません。焦ると、ろくな氷、できませんねん」

「氷屋さんの氷って、そんなに時間かけて凍らせてるんですか……」

「凍らせるときの温度も、じつは家庭のよりも高いんです。水にプレッシャーをかけんようにするんです。家の氷が白いのは、急激に冷やしてるからなんです」

氷室が教えてあげると、横で聞いていた金田が、

「ははあ。氷の白いとこは、ストレスのかたまりやったんかぁ」

「金田さん。うまいこと言いまんなあ。座布団一枚！」

氷室がほめると、

「ま、それほどでも……」

おちょぼ口になって、角刈り頭をぽりぽり掻いた。

グラスを磨きながら、みんなの話に耳をかたむけていたマスターの楠木が、

「カナちゃん。怖いときって、呼吸、どうなってると思う？」

「怖いとき……？」

カナは視線を宙に泳がせ、意識的に息を吸ったり吐いたりした。

「吸ったまま、止まってる……のかな」

楠木はうなずき、

「ストレス、かかったときは？」

「…呼吸が速なる……」

「オバチャンは、水が顔にかかったりするだけで、きっと胸ドキドキして、うまいこと呼吸でけへんのやないのかな」

「………」

「カナちゃんは最初から息継ぎ、ちゃんとできてたんや。そやから苦もなく泳げた。ぼくは鈍《どん》くさいから、コツがつかめるまでごっつ時間かかってん。オバチャンも息継ぎ上手《うま》なれば、水が怖《こわ》くなくなって自然と浮ける。そしたら、ぜったい泳げるようになると思うよ」

楠木の話を受けて、氷室が口をひらく。

「あの、ぼく、学生時代、合気道やってたんですけど、まさに呼吸がポイントでした」

「そうや、そうや。剣の達人かて相手の呼吸をよんどるわなぁ」

金田が、相づちを打つ。

氷室が続けた。

「オバチャン、鼻っ柱強いって言うてはったけど、じつは、融通のきかん人なのかもしれませんねぇ。ようおりますやん、運動会の行進んときに緊張して、右手と右脚、一緒に出すタイプ。そういうときって、必ず息があがってますやん」

金田が顎をつるりと撫《な》でて、ちょっと悪いけど言わせてもらうな、とカナのほうに向き直った。

「知らずしらずのうちに、オバチャンにプレッシャー掛けてんのとちゃうんかな。そのひと、セレブなんやろ？　えらいプライド高いわなぁ。しかもカナちゃんの倍以上も生きてはる。ただでさえ若い娘《こ》に先生面《づら》されたら、ムカつくんやん。とうぜん、『こんな小娘の言う通りにはやりたない』と思て、肩に力入るんやないんかな」

カナは、金田の言葉にハッとして目を見開いた。

指摘されたことは、じつは、自分でもうすうす感じていたことだった。

子ども相手に教えていたときのクセが、どうしても抜けない自分にずっと苛立《いらだ》ってもいた。子どもはこうやって泳げるようになってんから、オバチャンかて同じように泳げるようになるはずや、と思い込んでいた。

「わたしの言う通りやらな、あかんねん」と知らん間《ま》にエラソーに押しつけていたのかもしれへん。

「オバチャンのくせに、こんなんも出来《でけ》へんの？」と、どこかでバカにしていたのも否定できない。

わたし……あのマダムたちと同じや……。

ひんやりした上から目線に、オバチャン《おんな》は、めっちゃ反発してたんや。

そういえば、わたしも学生時代、権力ふりかざして型にはめようとする先生にムカついて、反抗してた……。

氷も、冷たすぎない温度でゆっくり冷やすから、透きとおったきれいなものになるんやて、氷室さんが言うてはった。

アントニオも、ニョッキを茹《ゆ》であげるタイミングは自然とぷかーっと浮かんできたときやて言うてた……。

＊　＊　＊

カナがふっと顔をあげると、楠木が指を鳴らし、

「そうや。カナちゃんに、これ飲んでもらお」

子どもみたいな笑顔になって言う。

さっそく冷凍庫から丸い氷を取り出すと、ウォーターフォードの大ぶりのロックグラスに入れ、冷たいミネラルウォーターを七分目ほど注いだ。

次いで、マドラーに沿わせて、グレンモーレンジィをゆっくりつぎ足していく。

すると、グラスの下の部分は透明な水の層に、上の部分は琥珀《こはく》色のウイスキーの層に、くっきりと二つに分かれた。

カナが黙ったまま、目を見張る。

楠木はできあがったお酒を、すっとカナの前に滑らして、言った。

「これ、ウイスキー・フロートってカクテル。ウイスキーが水の上にぷかーっと浮いてるやろ?」

金田も氷室も物ほしそうに、じーっとカナのグラスに視線を注いでいる。

楠木は、ほんまにもう、という顔になり、

「わかった、わかった。金田にも氷室クンにも同じもん一杯ずつ作ったげるから」

そう言うと、手早くグラスを二つ取りだした。

一瞬、バーのなかに静寂がひろがる。

氷を入れる音やミネラルウォーターを注ぐせせらぎのような音、そして後ろのスピーカーから微《かす》かに流れるグレゴリー・ポーターのボーカルが聞こえてきた。

カウンターの正面、窓の向こうには、湿気をたっぷり含んだ大阪の夏の闇《やみ》がうずくまっている。

楠木はウイスキー・フロートのグラスを二人の前にそっと置いた。

きりっと冷えて、細かな霧を吹いたグラスを見つめた氷室が、

「これって、グレゴリー・ポーターの歌やないけど、ウォーター・アンダー・ウイスキーやね」

氷室と金田のお酒ができあがるまで待っていたカナが、グラスを取りあげ、ひとくち飲

む。

「ウイスキーと水が、口ん中で何か絶妙に混じりあうわぁ」

すがすがしい顔で言った。

「こんな美味《うま》い水割り、はじめてや」

金田もグラスをもったまま、感じ入った顔になる。

「水とウイスキー、お互いさまのおいしさとちゃうんかな」

楠木がうなずいた。

「お互いさま……」

カナはグラスを置いて、ふっとオバチャンのことを思い浮かべる。

楠木がカナの目を見て言った。

「水泳って、じつは、自分の力だけでは泳がれへんのやないやろか」

「……?」

カナは怪訝《けげん》な顔をしたが、楠木は続けた。

「水を手で搔いたり足で蹴《け》ったりするやん。その反動で、水がぼくらをグーッと前に進めてくれてるんとちゃうやろか」

金田が珍しくおとなの顔になって相づちを打った。

「お互いさま、ってことやな」

空いたグラスを持ちあげて、ウイスキー・フロートのお代わりをオーダーする。

「……オバチャンとわたしも、お互いさまなんやね……」

カナが琥珀色と透明な液体を見つめながら、ぼそっとつぶやいた。

楠木は新しいグラスに氷を入れる。

そして冷たい水を注いで、ウイスキーを静かにそうっと足していく。

「慌ててウイスキー入れたら、きれいに水の上に浮かべへん。ええ加減っていうのがあるんよ」

「加減かぁ……」

カナはなんとなく腑《ふ》に落ちたような声になった。

「ま、ぼちぼちいきましょ。透きとおった氷つくるみたいに」

氷室がそう言って、グラスに残ったウイスキー・フロートをひと息に飲みほすと、ピンライトを浴びた丸い氷が、まるで月のように輝いた。

秋～舟唄酒

カウンターの端に座った初老の男は、ハイボールをのどを鳴らせて飲むと、吐息をついて、目をつむる。

一瞬、何かほどけたような、気持ちよさそうな顔になった。

マスターの楠木は、眉《まゆ》を開いたその顔を見て、このひと成仏するときも、きっとこんな感じなんやろか、とふっと思った。

——あかん、あかん。お客さんに失礼や……。

けど、こんなええ顔で逝《い》けたら幸せやなぁ、とも思う。

何にせよ、お酒を飲んで、ええ表情を見せてもらえるんは、バーテンダー冥利《みようり》につきる。ありがたいことや。

このウイスキーはポートワインの樽《たる》で後熟させた甘美な香りが心なしかいたしますね、とか、トップノートがどうの、アフターテイストがこうの、フルボディがどうちゃら、フルーティなエステル香がこうちゃら……おちょぼ口でいろいろご託を並べられるより、シンプルに「おいしい！」って顔になってもらえるのが、何といっても一番うれしい。

ハイボールを飲んでいる男の名前は、山本茂雄《やまもとしげお》。

還暦を四つほど過ぎている。

バー堂島がオープンして間もない頃《ころ》からの常連のひとりである。早い時間からカウンターの左端の席に座り、軽く一、二杯、飲む。つまむのは、ドライフルーツか皮つきピーナッツ。

切りのいいところで「ほな、また来ますわ」さっと笑顔で帰っていく。

マスターとの親密さをアピールしようと、他のお客さんに聞こえよがしに声高《こわだか》に話したり、いかにも常連顔になって図々《ずうずう》しくひとの話に割り込んできたりはしない。

話しかけられることがあると、やわらかい笑みを返し、そつなく対応する。が、必要以上に話し込むこともない。おとなの、ほどよいコミュニケーションを心がけているようだ。

飲み過ぎて呂律《ろれつ》が回らなくなることもないし、まして足どりがふらついたこともない。いたって酒の飲み方がきれいな男である。

だから楠木もほのぼのと親しみを感じている。

山本は、カウンターの前の大きな窓から、あかね色に染まったすじ雲を見つめ、

「『枯葉《かれは》』ありましたっけ?」と訊《き》いた。

はい、楠木はこたえ、カウンターの陰に置いたパソコンからアイチューンズを開いた。

「最近は、そこに音楽、取り入れてはるん？」

山本が訊く。

「ＣＤ取り替えるのに、いちいちカウンターの下をくぐるのが、どうもしんどいんで。これ、便利なんですよ」

楠木がこたえ、「だれの『枯葉』にしましょう？」

「そうやなあ、ナッツ・キング・コール、あります？」

ピーナッツ好きの山本はナット・キング・コールを間違えてナッツ・キング・コールと覚えているようだ。楠木は聞きながし、パソコンの画面を見つめてスクロールしながら、あ、ありますよ、とつぶやき、

「もう、そういう季節ですもんねぇ」

言いながら、いざ曲をかけようとすると、

「あ、ごめん。チョット・ベイカーにしようかな」

山本、頭をかきながら言う。

「わかりました。チェット・ベイカーですね」

こんどはさらりと、正しい名前でこたえる。

「……い、いや。チョット、待って」右手をあげ、「やっぱし、キャノンボール・アダル

ト、かな」首をかしげる。
「わかりました。キャノンボール・アダレイ、ですよね？」

「……うーん……ご、ごめん、やっぱり、ナッツ・キング・コール……」

——山本さん。疲れてはるんやろか？

と思ったが、楠木、決しておくびにも出さず、唇の端を上げてやわらかく微笑《ほほえ》み、ひと呼吸置く。

山本も小さく深呼吸して、気持ちを静め、

「うん。ナ、ナッツ・キング・コールで」

唇なめてそう言うと、10オンス・タンブラーを持ちあげ、ホワイトラベルのハイボールをごくごくと飲んだ。

楠木が背にした大きな窓の向こうには、夕闇《ゆうやみ》せまる堂島川が映り、ちらっと銀杏《いちょう》並木が見えている。ひと月もしないうちに、葉っぱが黄色く色づきはじめるだろう。もうすぐ御堂筋のいちばん美しい季節がやってくる。

山本はハンカチで額ににじんだ汗をふき、「枯葉」を聴きながら、静かにグラスを傾けている。文庫本を開いているが、目がショボショボして、どうも活字が頭に入ってきていないようだ。

――男にも、更年期ってあるらしいからなぁ……。

楠木はグラスを磨きながら、見るともなくカウンターの向こうを見ていた。

山本茂雄は大手家電メーカーの宣伝部に勤めていたが、四年前に定年。東京から大阪に帰ってきた。

宣伝部ではテレビ局や新聞社、出版社などに広告を出す仕事が長かった。以前は大阪本社の営業マンとして働いていたが、宣伝の仕事になってから二十年以上、大阪を離れていた。

現役の頃は、媒体や広告代理店の人たちから、クライアント（広告主）として、銀座や北新地で毎晩接待を受けたが、連日ヨイショされる宴会に疲れはて、ある夜ふらりと一人でバー堂島に入ってきたのだった。

それがマスター・楠木とのつきあいのはじまりで、以来、山本は、北新地はずれのこの店に足繁《あししげ》く通って来るようになった。

定年後は月イチ、茨木《いばらき》市内の自宅から阪急《はんきゅう》電車に乗って梅田《うめだ》に出て、そこから歩いて堂島に来る。再就職はしていない。今は年金暮らし。飲み代をしっかり考えて使っている。

「ごめんな。なんか、だんだん物事、すっと決められへんようになってきて……今日も出がけに、どの服着るかで、えらい悩んでしもたんです」

「そんなん、むっちゃ、ようあることですよ。ぼくなんか、朝、風呂《ふろ》から上がって、ずっと裸のまんまですもん。今日はどのパンツ穿《は》こか――赤のほうが元気になってええんかな、いや、青のほうがシュッとするんかなとか――あれこれ考えますよ」

「ぼく、老人性うつ、なんやろか……」

「何言うてはるんですか、まだ六十四でしょ」

「うん。ビートルズのあの歌の年齢や」

自分のバーコードの禿《は》げ頭、つるりと撫《な》でる。

その様子をみて、楠木は白い歯を見せ、人好きのする顔でニコッと笑った。

＊　＊　＊

バー堂島の重い扉がきしみながら開いて、若い男がひとり、「こんばんは」明るい声で言って、ぺこりと挨拶《あいさつ》しながら入ってきた。

チェックのシャツに濃紺デニム、足もとはワークブーツでかためている。日ごろ鍛えた腕の筋肉がシャツの内側にうっすら感じられ、胸板厚く、肌浅黒い。いかにも健康的な青年の風情《ふぜい》。

グラスを磨く手を休めた楠木はふっと顔をあげ、「おっ、いらっしゃい」と微笑んだ。

カウンターの左端に座った山本茂雄は、ちらっと新しい客に視線を送り、軽く会釈する。

「お邪魔します」とその山本にもお辞儀をしつつ、男は右端の席に座ろうかと迷ったが、あまり距離をおくのも失礼かと迷い、山本から一つ隔てたスツールにおもむろに腰をおろした。

「そういえば……航《わたる》ちゃん、明日、休みやったよね」

楠木が言うと、男はうれしそうにうなずく。ちょっと解放された気分がカウンターを越えて伝わってきた。

水沢《みずさわ》航。当年とって二十八歳。二年前に漁師になり、いまは大阪市内の漁協に属してシラスやシジミの漁をしている。土曜、日曜は漁は休みなのだ。

「今日とれたての生シラス、持ってきました」

そう言って、航が右手にさげた袋を楠木に渡す。山本も、お、シラスや、と独りごち、背を伸ばして、航のほうを見やった。

「おおきに。うれしいなあ」

楠木が顔をほころばせる。じつは、最近は年のせいか、肉よりもシーフードをよく食べる。なかでも生シラスは大好物だ。

「春から漁がはじまって、もう、秋ですもんね。季節めぐるの、年々、早感《はよ》じますわ」

航が軽い口調でこたえる。

「なにオッサンくさいこと言うてんの。まだ二十代のきみが、そんな言い方するのん、百年早いよぅ」

笑顔をつくりながらも、楠木はするどく切り込んだ。若者が背伸びしてオッサンくさい物言いをするのがあまり好きではないからだ。

賢《さか》しらぶった言い方や世間ずれした物言いは、楠木自身も日ごろからしないように気をつけている。

自分の配偶者を「嫁」と呼ぶひとがいるけど、あの言い方もあまり好きじゃない。妻や女房と言うんやったら、わかる。けど、「嫁」っていったい誰《だれ》の嫁なんやろ？

楠木がちょっと酔ってしまったとき、自分の配偶者を嫁と言ったお客に、「それ、ちょっと違うんやないですか」と言ってしまい、それから、そのお客は二度と店に来なくなった。

――ま、しゃあないやん……。

楠木はお客に対して、へつらうような忖度《そんたく》はしない。いや、できないのである。

そのお客が来店しなくなったことは、ちょっと反省もしたが、その程度のご縁だったと思うようにしている。でも、それは傲慢《ごうまん》な気持ちからではない。来る者は拒まず、去る者は追わず、の精神である。五十代半ばになると、基本、性格って直れへんのやもん……。

航は、「すんません、ついオッサンくさいこと言うてしもて……」うなだれて謝る。

素直なとこがええとこやねん、と兄貴のような優しいまなざしで航を見ながら、楠木はあらためて思った。

「アントニオさんとこには、釜揚げシラス持っていきましたよ。きっと、何かおいしいもん作ってくれはるかなあって」

航がうれしそうに言う。

アントニオとは、けったいな大阪弁をしゃべるイタリアン・レストランのオーナー兼シェフである。

「あいつも喜んでるやろなぁ。今夜のメインはアントニオの料理にして、ほな、ぼく何かちょこっとアンティパスト（おつまみ）作ってみるわ」

「そう来ると思ってました。何が出てくるか、めっちゃ楽しみ」

航がにっこりする。

カウンターの端っこで二人の会話を静かに聞いていた山本も、ひとの良さそうな笑みをふんわり浮かべた。

「生シラスに合う食前酒って、何がええやろかなぁ……」

楠木はひとりつぶやきながら、バックバーを見つめる。食べものに合った酒をさがす真剣さがその背中や肩から伝わってきて、航も、こういうのんがやっぱりプロや、と同じ職人として頼もしく思う。

楠木はバックバーをじっくり眺めた後、カウンターの下を背を屈《かが》めてくぐり、こちら側にやってくると、ワインセラーを上から下までくまなくチェック。「そうや。この手があったな」と独りごち、ボトルを二本持つと、ふたたびカウンターの向こうにもどった。

楠木は一本のワインをワインクーラーに入れ、もう一本をすぐさま細いチューリップ型の脚つきグラスに注《そそ》ぎながら、

「山本さんも、ぜひ、食べてみてくださいね。それまでこれ、ちょっと飲《や》っててください」

「え？　わたしもご相伴《しょうばん》にあずかってええんですか？」

山本が驚いて訊《き》きかえす。

楠木は、もちろんですと言いながら、淡い黄金色の液体の入ったグラスを二つ、航と山本の前に置いた。

酒好きの航の目がきらりと輝き、これ、何？　と問いかける。

「ドライなシェリー。フィノってやつ」と楠木。

「シェリーって南スペインの酒でしたっけ？」

山本がたずねると、楠木はうなずいた。

「甘口から辛口までいろいろあるんですけど、ドライなんは食前酒にもいいし、きっとシーフードにも合うと思うんです。むかし読んだ本に、辛口の日本酒とドライ・シェリーはよく似てるって書いてあって。そやから、生シラスにもええかなって思ったんです」

ひとくち飲んだ航は、

「これ、さらっとして美味《うま》いっすね。マスターの言うとおり、刺身《さしみ》とかにも合いそうやわ」

感じ入ったように言うと、ひとつおいた隣のスツールに座った山本も大きくうなずき、それをきっかけに、二人、何やかやと話しはじめた。

楠木はカウンターの向こうで交わされる会話に聞き耳をたてながら、手だけは素早く動かす。

薄く切ったバゲットにニンニクで香りをつけ、塩コショウ、パルメザンチーズを振り、オリーブオイルをかけ、トースターに入れる。

と、お腹《なか》を刺激するいい匂《にお》いがぷーんとバーの空間に漂いはじめた。

山本も航もあきらかに落ちつきがなくなる。それぞれグラスを取りあげると、フィノを少し口に含んだ。

楠木はボウルに生シラスを入れ、みじん切りのタマネギ、浅葱《あさつき》を合わせ、レモン果汁をかけて混ぜ合わせた。

やがて、こんがりと焼き上がったバゲットをトースターから取り出すと、その上に、タマネギなどとミックスされた生シラスを載せ、さらにオリーブオイルをくるりと回しかけた。

「どうぞ」

ちゃちゃっと作った生シラスのブルスケッタが、静かにふたりの前に置かれる。

「これ、めっちゃ、おいしそうですやん」

山本の声もさきほどまでと打って変わって、張りが出て、力強くなっている。

「ひゃーっ。ぼくの獲《と》ったシラス、こんなんになるんや」

航も手をたたいて喜んだ。

「さ、はよ、食べて食べて」

楠木が言うので、二人同時にブルスケッタを頬張《ほおば》った。

しばしの沈黙の後、山本が口を開く。

「なんか、ほろ苦《にご》うてええ感じやん」

そしてフィノをひとくち含んでごくりと飲み、

「うん。よう合《お》うてるわ」

満面の笑みを浮かべた。

航は一つのブルスケッタをぱくりぱくりと二口で食べ、フィノをごくり。

「目玉の苦みとお酒のほろ苦いんが、相性バッグンやん」

ふたりが満足げな表情を浮かべているのを見た楠木は、

「そら、よかった」

そっけなくこたえた。

はじめてつくった生シラスのブルスケッタだ。いったいどんな味になっているのか、喜んでもらえるかどうか、内心ドキドキしていた。が、根っからシャイなので、ハードボイルドを装っただけなのである。

カウンターのふたりの会話が弾みだしたのを幸い、自分用につくったブルスケッタに手を伸ばし、ぱくっと口に入れ、

――これやったら、ええかな。

味わいながら、小さくうなずいた。

＊　＊　＊

航は大阪の港近くで生まれ育った。

父親は海運関係で働いていて、骨の髄《ずい》から海好きだったので、生まれた長男を「航」と名づけたそうだ。

「こうして漁師になるってとこまで、ぜんぶ海とつながってるんやね」

楠木が言うと、航はすかさず胸を張った。

「海ばっかしやないっすよぉ。うちの近くには、山もあるし」

「山……？」

「天保山《てんぽうざん》です」

「あの……埠頭《ふとう》とかがある……？」

「あそこはちょっと前まで日本でいちばん低い山やったんです。いまは二番目ですけど」

へええ、と楠木は感心したような声を出し、

「で、いったい、標高何メートルなん？」

「四・五メートル。ミリでいうたら四五〇〇。山岳会もあるし、なんと山岳救助隊もある

んですよ」

「そら、めっちゃ、いちびってるな」

「一ビリ、二ビリ、三ビリです！」

「そういうのん、い、い、い、いちびりって言うねん」

「渡し船もあるんですよ」

カウンターの端っこで話を聞いていた山本茂雄が、ん？　と耳をダンボにした。

「知らんな、それ」

と楠木が首をかしげる。

「でしょう？」誇らしげに、「近場《ちかば》のひと以外、あんまり知らないんです」

「知ってますよ。渡し船」

めずらしく山本が声のトーンを高くして、話に入ってきた。

楠木と航は、おもわずカウンターの左端に首をめぐらす。

「いいですよねぇ、あの風情。ぼく、渡し船、めっちゃ好きなんですよ。大阪にはいままでも八つ、渡し船ありますよねぇ」

山本、うっとりと遠いまなざしになる。

「へえ。大阪の渡し船って、そんなにぎょうさんあるんですか」楠木が目を丸くして、

「……ぜんぜん知らんかった」

「ぼく、そちらさんの近くの大正区の生まれでね」

山本が右手にいる航にからだを向けてしゃべった。

航は目の前で手を振って、すんません、と言って、

「航って呼んでください。そのほうが何か気が楽なんで」

「あ、はい……えと、ええと、航さん、港区《みなとく》ですよね？」

「弁天町《べんてんちょう》です」

「うち、北恩加島《きたおかじま》。お隣ですねん。高校時代、雨の日も風の日も、甚兵衛渡《じんべえわた》しで港区の高校に通ってたんですわ」

「泉尾《いずお》から福崎《ふくざき》ですよね？」

「そうそう、尻無川《しりなしがわ》の。たった三分くらいやけどね」

「あの渡し船、なんべんも乗りに行きましたよ。いつもは築港《ちっこう》と桜島《さくらじま》むすんでる天保山の渡しに乗ってたんですけど」

「天保山、この川の下流ですやん」

山本は、大きな窓の向こう、ネオンを映して黒々と流れる堂島川を指さした。堂島川の下流は安治川《あじがわ》になり、その河口近くに天保山はある。

「不思議ですよねえ。北新地の横を流れる川をちょっとだけ下ったら、ぜんぜん違う風景になってるいうんが」

「ぜんぜん違う言うと……あれですわ、あれ……」

「ほんま、あれです、よね」航があわせる。

「なんで、あれ、でわかるねん？」

グラスを磨きながら、楠木がプッと噴き出すと、山本が口を開く。

「あれですわ、渡し船に乗ったときのあの川の感じ」

航がうなずき、

「川風がなんともいえませんよねえ」

「髪の毛、風になぶらせんのが、ごっつ気持ちええんですわ」

山本が目を細めて言うと、楠木、まじまじと山本のうすら寂しい頭を見つめ、

「透明な髪の毛、ですか……」

「いまはほとんど毛ぇありませんけどな。ほんでも、ないなら、ないなりに、この……」

とバーコード頭ペンペン叩《たた》いて、「ダイレクトにあたる風や光、湿気や温度がええ感じなんですわ」

「そういうもんですか」

楠木が真面目な顔をして言う。

「おとなになったら、わかる感覚やわな、これは」

「白髪やったら、川辺の葦《あし》がざわざわ騒ぐっちゅう感覚ですかね？」

楠木、応じると、

「それ、司馬遼太郎《しばりようたろう》さんに訊いてみたかったなぁ」

山本、ひょうひょうとこたえ、

「たった三分かそこらの船旅やけど、川の上をシラサギがゆったり飛んでいくのを見たり、魚がぴょんぴょん跳ねてたり。大阪の汚い川の上にもちゃあんと自然が息づいているのを見ると、何かほっとしますねん。いまもときどき、ボケーッとしに、あの甚兵衛渡しに乗りに行くんですわ」

「大阪の渡し船って、みんなタダなんも、いいですよね」

航が言う。

山本は、そうそう、とうなずき、

「船頭さんが黙々と仕事してるのが、またカッコええねん。自転車押した高校生とか買い物に行くおばちゃんとか病院通うおっちゃんとか、みんなそれぞれやけど、誰もしゃべりおうてへん。何か不思議な静けさや。ただ、船のエンジンの音と波の音が、狭い川に響いてる。あのなんとも言えん、あっちの世界でもないし、こっちの世界でもないような感じがええねん」

「そうですね。この世からひょいと浮いた感じがしますよねぇ」

「ぼく、子どもの頃、地下鉄とか市電の運転士にもなりたかったんやけど、いちばんなりたかったんは、じつは、あの船頭さんやってん」

「えっ、ほんまですか？　ぼくも同《おんな》じです」

航がうれしそうな声をあげた。

「あの頃からカメラが好きでね。電車とか船の写真、よう撮りに行っててん」と山本。

「言うたら、鉄道オタク、船オタクですか」

「当時、船の写真を撮る子なんか、ほとんどおれへんかったから、ちょっと恥ずかしかったわ」

「ぼくも山本さんと同じで、小っちゃい頃から船、好きやったなぁ。天保山の岸壁も近かったし、外国の大きなクルーズ船とか、よう見にいきましたよ」

航が懐かしそうな顔になって言う。

「いまは漁師の仕事してはるんでしょ？」

山本が訊く。

「二年前から淀川《よどがわ》の河口にある漁協で見習いになって、一年前に正組合員にならせてもらいました」

「ほんで、それまで、何の仕事してはったん？」

「日本酒の会社のコールセンターで働いてたんです」

「お客様相談部に電話かけたら、つながるやつ？」

はい、と航はうなずいて、「ほとんどクレーム処理ですよ」

「そら。たいへんやな」

「お酒が好きやったから、コールセンターでも何でもええわ、と思ってやりはじめたんですけど、正社員やないから、お酒をつくる所とか見たことなくて……。いろいろ電話で訊かれても、リアルに答えられへんのです……」

「マニュアルとか読んで答えるだけやもんなぁ」

「……自分の気持ち、伝えられへんのです」

「ま、そういうことすると、上からえらい睨《にら》まれるわなあ」

「そうなんです。コールセンターの仕事しはじめてから、なんか自分がサイボーグになったような気がしてました」

「会社の上層部がいちばん神経とがらせるんは、どうやって『当たり障《さわ》り』のないようにするかってことやもんなぁ」

フィノをひとくち飲んで、山本はふうっと吐息をついた。

かつて勤めていた家電メーカーでは、お客様相談部で働いたこともあった。航としゃべっていると、そのときに来たクレームの数々が鮮明に思い出された。

当時、会社には、まだコールセンターなどなかった。

すべての問い合わせについて、お客様相談部の部員がいちいちていねいに電話で応対したり手紙を書いたりしていた。宣伝部にいた頃も、CMに関して直接バンバン問い合わせがやって来た。ヒットCMがオンエアーされると、応対だけでまる一日つぶれ、通常の仕事ができないこともあった。

山本は航に向かって、口を開く。

「電話してくる人って、けっこうしつこいやん。ま、ぼくの経験やけど」

「そうなんです」航はちょっと顔をしかめ、

「しかも鋭いとこ、突いてくるんです。酵母は何というやつで、いつから使っているのか？　杜氏《とうじ》はどこの生まれで、何歳で、血液型は何型で、星座は何座？　仕込みの水の地下水系はどこ？　水の硬度は？　醸造するときの桶《おけ》の木はどこのもの？　醸造期間は何月何日から何月何日まで？　とか、んもう、いろいろです」

「それだけ微に入り細にわたった質問してくるというのは、お酒のこと、よう知ってはる証拠やね。でも、杜氏の血液型とか星座とか、そんなん、どうでもええことやんなあ」

　と山本もさすがに苦笑いを浮かべた。

「商品に興味をもってもらえるのは、ありがたいんですが、答えられるもんと答えられへんもん、ありますでしょ？　マニュアルに書いてあることは、もちろん、ちゃんとお答えできますけど。答えられへんかったら、『おたくの会社、世の中に対して何か隠してるんやないのか？』とか『まったく誠意のかけらも感じられへん』とか言われて……」

　当時のことを思い出して、航がほっぺたをふくらます。

　山本の場合は家電メーカーの正社員として、工場実習やＣＭ制作現場の立ち会いもやってきた。だから製品や広告についての知識はしっかり身についていたし、会社の実情も、良いところも悪いところも含めて自分なりにわかっているつもりだった。

　だが、航の場合は、違う。

　メーカーから教えられた四角四面の答えしかできなかった。会社として、非正規社員に教えられることは限られていた。研修も正社員とは比べものにならないくらい簡単なものだった。

　自分のあつかっているお酒がいったいどんな風土のなかで、どんな人によって造られているのか。言葉では言いあらわせないその感覚を、残念ながら航は持てなかった。

だから、お客さんから問い合わせが来ても、額面通りの答えしかできなかったのだ。

「せっかく電話をかけてきてくれたお客さんに、ほんまに申しわけないと思ったし、曖昧《あいまい》にしか答えられない自分が、ものすごく恥ずかしかったんです」

「『恥ずかしい』と思える人は、正社員でもなかなかおれへんよ。いまは、ビジネスライクにサクサクこなすのが仕事やと思ってる人が、あまりにも多いんやないのかな」

「外から見たら、正社員も契約社員も関係ないっすよね。コールセンターの電話をとった人は、みんな、その会社の人やと思いますよねぇ？」

山本は「そうやな」と、かつて家電メーカーで管理職をつとめた貫禄《かんろく》で、おもむろにうなずく。

航は続けた。

「電話に出た時点で、ぼくはその会社の代表になってしまっている……そやから、その会社のことで、ぼくがちょっとでも知らんことがあったりするのは、そら、あかんやろうって」

「なるほど。ぼくも営業でお客さんと接してたから、その気持ち、ようわかるよ。うちの営業はエリアごとに担当が分かれてたんやけど、先輩からは『そのエリアの担当になったら、自分がその土地の社長やと思って仕事せえ』て言われたもん。『そうか。おれがここでは社長と思たらええんや』って責任感じると同時に誇りも持ったもんや」

山本は航と話しながら、会社員時代、部下の悩みや愚痴を聞いては、いろいろアドバイスしたことを思い出していた。

サラリーマンの暮らしはストレスいっぱいやったけど、今から思えば、あれはあれでおもしろかった。他人から当てにされている自分という存在もあったし。もちろん足を引っ張られることもたびたびやったけど。でも、行き着くところ、会社なんか人間関係だけやん……。あの頃は『きつい』と思たけど、なんか懐かしい気もするなぁ。

いっぽう航のほうは、山本が話のわかる先輩と思えたのか、さらに勢い込んで話しはじめた。

「コールセンターで隣のデスクにいた女の子なんか、電話をかけてきた定年オヤジからねちねちクレームつけられた挙げ句、いやらしい言葉で何度も言い寄られてたんですよ。いまやったらセクハラでソッコー告訴ですよ。しかもそのオヤジ、調子にのって毎日電話かけてきたんです。彼女も耐えきれずに、結局、辞めてしまいました」

定年オヤジ……。

山本はぎくっとした。

……そういえば、おれもテレビ局に何度か電話をかけたことがある。放送記者のコメントが政治家におもねっていたり、女子アナがタレントまがいにはしゃいでいたりすると、ついついカチンと来るからや。テレビ局にわざわざ電話するなんて、現役時代には考えられへんことやった。そんなことするやつは、よっぽどの閑人《ひまじん》やと思てたのに……。

航が続ける。

「ストーカーやプロのクレイマーからの電話も多かったですよ。きっと暇《ひま》をもてあましてるんやろうなぁ、何かあったら文句つけたろって、思てるんですよ。ほら、ネットにヘイト記事書き込んでる人いるやないっすか。あれ、けっこう中高年の閑人、多いみたいですやん。そんなこんなで、コールセンターで働いてると消耗するばっかしで、こんなに自分すり減らして仕事するのん、もうええわと思て、転職することにしたんです」

＊　　＊　　＊

「お待たせしました！」

重い木製扉が開き、よく通るバリトンが響くと、バー堂島の並びにあるトラットリアの若き料理人・三宅クンが颯爽《さっそう》と姿をあらわした。

「あれ？　アントニオは？」

楠木がおもわず訊いた。

いつも対で動くコンビの片割れがいないのは、なんだかちょっとさびしい。

「すみません。今夜は珍しく満員御礼で、アントニオは手がはなせなくて……」

三宅クンが申しわけなさそうな顔をして、深々と頭を下げた。

「でも、ちゃんと腕によりをかけて、めっちゃおいしいお料理、作りましたよ」

そう言って、チャーミングな笑顔をふりまきながら、手際よく航と山本の目の前にパスタの皿を置いた。

「ほーっ、美味《うま》そうやん」

楠木がおもわず感嘆のため息をついた。

「シラスと唐辛子《とうがらし》のスパゲティです。今日はぼくが作りました」

三宅クンが胸を張る。

「やっぱり、ワインはぜったいこれやな。うん」

そう言って楠木は大ぶりのざっくりしたグラスを航と山本の前に滑らせると、ワインクーラーに入れておいた白ワインを取りだし、かなり高い位置からワインをシャバシャバと泡立てるように注いでいった。

「わざと泡たててはるんですか?」

山本が目を丸くしてたずねる。

「そうなんです。これ、バスクのワインなんですけど、あっちに行ったとき、みんな、こうやって泡立てて飲んでたんです。こうすると空気が入って、若いワインの酸味がやわらぐらしいんです。ま、それくらい気軽なワインですから、ガバガバいってください」

楠木がしゃべりながらワインをたっぷり注ぐと、航も山本も顔をくしゃくしゃにして喜んだ。

「何か、えらい得した感ありますよね」

航が言う。

グラスの中では、ぷちっぷちっと少し泡が立っている。ワインの色はグリーンがかった淡い黄金色だ。

「バスクって、あのスペイン・フランス国境の?」

と山本が訊いた。

楠木はうなずき、

「バルで、ピンチョスと一緒によく出てくるのが、このチャコリというワインなんです」

山本はグラスを持って、ごくりと飲んだ。

「ほんま、飲みやすい。気張らんと飲めて、ええ感じやね」

三宅クンが「さ、さ、召し上がってください」と言ったのを皮切りに、お腹をすかせていた航と山本は、フォークにパスタを巻きつけて無心に食べはじめた。

三宅クンはそんな二人の姿を確認すると、うれしそうに店に帰っていった。


航はフォークを置くと、チャコリを水のようにゴクゴクのどを鳴らして飲んだ。

「このお酒、するするーっと入ってくる。ワインってもっとカッコつけたイメージやったんやけど、これ、ぜんぜん違うんですね」

「イキって飲むのって、何かカッコ悪いよねぇ」

楠木が微笑みながらこたえると、山本、

「最近の日本酒も、冷やして脚つきグラスで飲ますとこありますけど、ぼく、あれは、あんまりやな」首をひねり、「菊正宗《きくまさむね》のぬる燗《かん》が、いちばんよろしいわ」

「肩肘《かたひじ》張らんと飲むのが、やっぱり、いいですよね」

楠木が合いの手を入れると、航が相づちを打った。

「そう、そう。気ぃゆるめるためにお酒飲んでるのに……」

「自分の好きな酒を、好きなひとと、好きなとこで、好きなように飲む。これ、いちばん幸せなことですわ」

と山本がフォローする。

「それって仕事とか生きること全般に言えるような気がします……」

楠木がやわらかな調子で言った。が、その目はめずらしく笑っていない。

大学を辞め、バンドで生きることを夢みて東京に出てはみたものの、鳴かず飛ばず。日本から飛びだし、世界を放浪しながら音楽とバーテンダーの修業をして、生まれ故郷に戻ってなんとか自分の居場所を見つけた楠木だ。好きに生きるということの甘酸辛苦《かんさんしんく》を骨身に染みてわかっているはずである。

航がチャコリをグイッと飲んで、口を開いた。

「ぼく、子どもの頃から、何やるにしても好きなことしかでけへんかったんです。無理に勉強したり、少年野球したりとか、絶対でけへんかった。そやから、毎日、ひとりで埠頭《ふとう》に行って船眺めてたんです。海めっちゃ好きやったから、いつか船に乗って、どっか遠いとこに行けたらなぁ、海で仕事ができたらええなぁって思ってた。酒の会社のコールセンターで働いてたときに、『なんでこんなことになってしもたんやろ』って。でも、酒に酔うのも船酔いもまあ同じじゃやんて、無理やり納得するようにしたんです」

「そらまた、強引な解釈やねぇ」

楠木が白い歯をこぼした。

「ようわからへんのですけど、『おとなになるのって、何かをちょっと我慢することなんや』って自分に言い聞かせながら仕事してたんです」

「まあ、そういう一面が、ないこともないわなぁ」

と山本が言うと、

「『ないこともない』という言い方。それ、いかにもいわゆる『おとな』の口ぶりですやん」

楠木がクスッと笑った。

航がつづける。

「そやけど、我慢するのも限界がありますよね？　ギリギリまでいったら、グラスから水がザーッとこぼれるみたいに、ある日、まさにそのときが来たんです。『もう、これ以上、あかん』って。朝、からだがベッドに貼りついたまま、どうしても起き上がれないんです。二日酔いとか、そんなんとちゃいますよ。からだってめっちゃ正直ですもん。で、その日から、ぷっつり会社には行かんようになって、コールセンターの仕事、やめたんです」

「そや。コールガールの仕事はやめたほうがええ」

山本が腕組みして言う。

「ガールちゃいますて。センター。コールセンターです」

「あ、ごめん、ごめん」

そう言って山本、ふわりと笑う。

「で、よう漁師の仕事にたどりつけたねぇ」

「そうなんです。めっちゃラッキーでした。やっぱり仕事するんやったら、海関係に就《つ》きたいなと思ってたら、たまたま新聞で『淀川でウナギがとれる』って記事を読んだんです。調べたら、ウナギを獲ってるのは、大阪市内の漁協の漁師さんやと。へえ、市内に漁協なんかあったんやって、えらいびっくりして、そんなら、いっぺんそこに飛び込みで行ってみたろと思たんです。そしたら、若い漁師は大歓迎やいうことで」

「えっ。ほんまに、淀川でウナギ獲れるん?」

楠木、山本、ふたりの声が重なった。

「ほんまですよ。超デカイの、獲れます」

航が誇らしげにこたえる。

「でも、ようまあ、あんな汚い川にウナギ上ってきよるなぁ」

大阪湾岸の工場街で育った楠木からしてみれば、大阪湾は茶色く濁った海でしかなかった。かつては白砂青松《はくしやせいしよう》を誇り、海水浴場もあった浜寺《はまでら》も今は沖合遠くまで埋め立てられた。

正直、大阪湾でシラスが獲れるというのも半信半疑だったが、ウナギが淀川で獲れるというのにはそれ以上に驚いた。

航がチャコリをごくりと飲んで言った。

「いま大阪湾も淀川もめっちゃきれいになってるんです。じつは、きれいになりすぎてるくらいで、このままやと、逆に魚の量が減ってしまうらしいんです」

楠木は航のグラスにワインをつぎ足しながら、

「なるほど。水清ければ魚《うお》棲まずって格言があるわなぁ」

あ、ぼくも一杯もらお、と言って、自分のグラスにドボドボとチャコリを注いだ。

＊　＊　＊

そのとき、ふたたび店の扉がきしんだ音をたてて開いたかと思うと、

「まいど!」可愛《かわい》い声がした。

花屋のマロちゃんが腕にススキをいっぱい抱えて入ってくる。

ほっそりとした華奢《きゃしゃ》なからだつきにマッシュボブのヘアスタイル。黒のウォッシュデニムのジャンプスーツ。足もとは、白い三本ラインが入った黒のアディダス。そのキュートな姿はどう見ても女の子だ。武者小路秀麿という京都のお公家《くげ》さんみたいな名前の男子と

は、誰も思わないだろう。

「まいど！　やん。航《わたる》クンやないのぉ」

瞳《ひとみ》をキラキラさせて、マロちゃんは航の肩をやさしく叩いた。そうして、左のほっぺたに笑窪《えくぼ》をつくって、初対面の山本茂雄にも愛想よく笑いかけた。

「これ、お店の売れ残りやけど、よかったら飾ってぇ」

マロちゃんは楠木にススキを手渡し、

「あ、それから、この生チョコ・ケーキ、おみやげ。えーと……ひい、ふう、みい、よう……うん、ラッキー！　人数分ちゃんとあるわ。みんなで食べよっ」

ね？　と小首をかしげ、腕に提《さ》げていたケーキの入った紙袋をカウンターの上に置く。

「ススキはシンプルに生けてくれたらいいから、マスター、やってもらっていいかなぁ。わたし、チョコレートケーキ、お皿に取り分けるから」

そう言うと、勝手知ったるカウンターをくぐり抜け、中に入って小皿を探し、てきぱきと生チョコ・ケーキを皿に盛りつけはじめた。

「……」

マロちゃんの優雅な身のこなしにおもわず山本と航は見とれ、しばらく言葉を呑《の》んでいる。

そうこうするうち楠木はタイミングを見つけて、カウンター越しにマロちゃんを山本に紹介する。

「じゃあ、山本さんは、晴れて自由人にならはったんやねぇ」

マロちゃんがニコッとして、おめでとうございます！　と言う。

「いや……なんか、その……おめでとう言われても……」

山本は口のなかでゴニョゴニョ言ったが、キュートなマロちゃんに祝福されて満更《まんざら》でもない顔になった。

マロちゃんはそれぞれの生チョコ・ケーキをサーブして、航の右のスツールに座るなり、

「これに合うお酒って何やろねぇ？」

「うーん……やっぱり、ポートワイン、かな」

楠木はさっそくワインクーラーの中からルビーポートを取りだすと、自分の分も含めて四つのグラスに、深紅の液体を静かに注《そそ》いでいった。

取りあえず、四人、目の高さにグラスをあげて乾杯。マロちゃんは、白く繊細な指でたいせつそうにグラスを持つと、ちびりとひとくち飲んだ。

「わっ」パッと目が開く。「これ、おいしすぎるぅ」

少女のようなあどけない顔になって、すかさず生チョコ・ケーキを頬張る。

「めっちゃ合うやん。マスター、さーすがっ！　もう、今夜はダイエットとか忘れようっと」

マロちゃんが言葉を発するたび、大輪のヒマワリが咲いたように、バーの空気がパッと明るくなった。

山本、ムシャムシャとケーキにかぶりつき、ルビーポートをごくり。

「バーで甘いもん食べるやなんて、生まれて初めてですけど、こら、なかなかええですなぁ」

「このワイン、最初、干し葡萄《ぶどう》みたいな味がするんやけど、背すじシュッとしてて、酒飲みもぜったい好きなお酒ですねぇ。こういうのん『おとな』の味っていうんかな」

と、航も初めて飲んだポートをなかなか気に入った様子だ。

「ポルトガルのポルト——英語やったらポート——いう街から出荷されてんねん。ポートワインて、むかしの帆船時代、大海原をわたる船に積んでいくお酒やってん。ふつうのワインやったら、長い航海で腐ってしまうけど、ワインにブランデー入れて腐らんようにしたんやて。そやから、度数も普通のワインよりはちょっときついねん。ま、船乗りのお酒やね」

楠木が言うと、

「ぼくにぴったしやんか」

航が肩をそびやかした。

「私もけっこう船、好きでっさかい……」

山本、上目づかいで、もごもご言う。

「へえー。山本さんも船、好きなんやぁ」

とマロちゃんが、ぱっちりした二重の目をさらに大きくして訊いた。

「船だけやのうて、小っちゃい頃から乗りもん、みんな好きなんですわ」

「いまも、そうなん？」

山本はこくりとうなずく。

「少年のこころ、ちゃんと持ってはるんやねぇ。なんか可愛いわぁ」

マロちゃんは、こぼれるような笑顔になった。

「いや、その……何《なん》もほかに能がなくて……」

山本、首をすくめる。

マロちゃんは山本に興味をもったようで、ストレートに訊いてきた。

「定年にならはってからと、会社員時代と、どっちが楽しいんですか？　やっぱり、いまのほうが自由な時間いっぱいあって充実してはるとか……」

山本、あまりの直截《ちょくせつ》な質問にちょっとたじろぎ、グラスをいじりながら俯《うつむ》くばかりで、すぐには言葉が出てこない。

楠木がそのあたり敏感に察して、

「……楽しくもあり、楽しくもなし、ってとこですかね？　ぼくもそうやけど」

「う、うん……ま、そんなとこかも、しれんね……」

山本はうつろな目になり、首を左右にかたむけ、骨をぽきりと鳴らした。

「毎日、何してはるんすか？」

少々酔いのまわった若い航が、間髪《かんはつ》を入れず、ぶしつけな質問を放つ。

山本、うっと言葉につまった。

そういえば、ぼく、毎日、何やっててんねやろ……。

一日どこからも電話かかってけえへん日もあるし、かといって、こっちから会社の友だちに電話するんも何や気恥ずかしい。まして昔の関係先なんかに電話してもしゃあない。一緒にいる時間がえらい長なった妻とも必要最低限しかしゃべれへん。だいいち、何しゃべったらええんか、わからへん。気ぃ遣《つこ》て話しかけても必ず喧嘩《けんか》になってしまうからな。そやから家におっても、虚《うつ》ろな穴がぽっかり開いたみたいな、妙にしんとした時間が過ぎてくだけや……。

カウンターの向こうで楠木は平静を装っているが、そのじつ山本をおもんぱかって内心ハラハラしている。

そんな気配を察した山本は、ポートワインをひとくち舐《な》めると、おもむろに口を開いた。

「ほんま、まったくノー趣味で……ゴルフも麻雀《マージャン》も登山もバードウオッチングも俳句もウオーキングもボランティアも、なーんもしてへんのですわ。結局、毎日ボーッと過ごしてるんやろか。いざ『何してはるんですか？』て訊かれても、お恥ずかしいかぎりやけど、さっとこたえられへん。ま、一日が長いような短いような……」

「ぼく、サラリーマン辞めていちばんうれしかったんは、通勤電車に乗らんでもええことやったです」

航があかるい声で言う。

山本、ゆったりうなずき、

「くだらん会議もないしねえ。年下のアホな上司もおらん。言葉の通じん部下もおれへん。とにかく、定年直後は『すべてから解放されたーっ！』て感じやったなぁ。でも、それも、せいぜい三カ月……」

「三カ月経《た》ったら、どこか違ってきました？」

こんどはマロちゃんが訊く。

「自分を支えてた何かが、ゆっくり外《はず》れてくような。何や、まるで無重力状態になってしまったみたいな」

「ふわふわしてて、不安になるってことですか？」

楠木がたずねる。

山本、天井のほうを見つめ、しばし思案し、

「そうやね……会社で働いてると、好きなんも嫌いなんも、いろんなひとと関係するから、ある意味、刺激あるでしょ？　いまは家で女房と二人きりやから——ひとり息子も東京におるんでね——何かと世界が狭なるんよ。サラリーマン時代、家事なんてほとんどやったことがなかったから。ある日とつぜん、掃除、洗濯、料理の手伝いをはじめても、自分でもびっくりするくらい段取り悪うてね。挙句《あげく》の果てに女房からは『ほんま役立たずやわ』ってぼろくそ言われるし。買い物も、どの店がええんか、ようわからへん。会社人間て、組織離れると、支えがいっぺんにのうなって、シューッてしぼんだ風船みたいになるんやね。世の中から自分は必要とされてへんのかな、と思えてきたり……」

「山本さん。そんなに自分を下に置かんでも、ええんとちゃいますか？」

マロちゃんが冷静な声音《こわね》で言った。

山本、ポートワインをすすって、ちからなく首をふる。

「……自分の居場所、ようわからへんねん」

「やっぱり、仕事、好きやったんすね？」

航が、ちょっとしんみりした声になって訊く。

「いろいろあっても、好きやったんやろか……」

こんどはごくりとポートを飲んだ。今夜は少し酒を過ごしたか、すでに頬をほんのり染め、呂律《ろれつ》もちょっとあやしくなっている。

「同期のひとりは年金暮らしやりながら、必死こいて自分の家系調べてるわ。家系図まで作ってるみたいやし」

「なんで、家系なんか、調べてるんです？」

とマロちゃん。

「どっかで自分は由緒正しい血筋やと思いたいんかなぁ。ひとにあんまり相手にされへんようになってもうて、自分の存在意義を探しとるんやろか。家系図なんかくだらんけど、でも、人間て何か支えがないと生きていかれへんのとちゃうんかなぁ」

「山本さん、いま、何が支えなんすか？」

航がまたストレートに訊いた。

「いま………」

首をひねったまま、からだがフリーズしてしまった。

なんやろ、なんやろ、もごもご言っているが、言葉がいっこうに出てこない。

バーの空間にかすかに流れるヘプバーンの「ムーンリバー」がくっきりと聞こえだした。

窓の外では堂島川が月のひかりを揺らめかせている。

ややあって山本は口を開き、

「……こうやって月イチ、新地のはずれで飲むことやろか」

そう言うと、顔をゆがめて笑った。

＊　＊　＊

「山本さん。渡し船にときどき乗りに行くって、さっき言うてはりましたよねぇ。最近もよう行かれてるんですか？」

航がポートワインのグラスを置いて、訊いた。

山本、はにかんだ笑みを浮かべ、

「食べもんもそうやけど、なんか子どもの頃に戻るというか、やっぱり好きなもんは好きなんやね。あ、ひょっとしたら、唯一の趣味かもしれへん」

「何の用もないのに、渡し船に乗りはんの？」

マロちゃんがちょっと驚いてたずねると、航がすかさず、

「マロちゃん来る前に、山本さんと『渡し船に乗ったら、水のうえ吹いてく風、気持ちええし、なんとも言えん川景色やね』て、しゃべってたてん。ぼくら、同じ趣味《おんな》やねん。用もなしに、わざわざ渡し船に乗るんが、めっちゃイケてんねん」

「へえーっ。大阪に渡し船なんてあるんや。乗ったことなかったわぁ」

いままで知らなかった街のスポットを聞いて、マロちゃんは目を輝かせた。

「山本さん、いまも写真撮ってはるんですか？」

航が訊くと、山本、照れ笑い浮かべてうなずき、

「さすがに今はスマホで写真撮ってんねん。一眼レフさげてると、肩凝ってもうて、どうにもならんしね。けっこうｉＰｈｏｎｅって、きれいに撮れるんよ」

言いながら、ジャケットのポケットからｉＰｈｏｎｅを取り出し、指でスクロールしながら航とマロちゃんに、動画も含んだ映像を見せた。

「へぇーっ。スマホでこんなきれいに撮れるんや！」

航が目を丸くすると、山本はちょっと胸をそらし、二本の指で広げるようにして、映像を大きくして見せた。

「うわーっ。ちゃんとシラサギ飛び立つとことか、カモメが羽《はね》パタパタやってる感じ、ば

っちり写ってるぅ。すっごいシズル感あるやん。キラキラ光ってる水面《みなも》もきれいやわぁ。なんか、風とか匂いまで感じるぅ」

こんどはマロちゃんが感動の声をだし、「山本さん、めっちゃ写真上手やん。プロはだしやわ。ねえねえ、マスター、見て、見て」

マロちゃんに促されるようにして、山本はiPhoneの写真を楠木に見せた。

「ほんまやね。やっぱり、好きこそ物の上手なれ、や。川を渡っていく人の暮らしがじんわり染み出してる。ええ写真やねぇ」

楠木が言うと、

「梅檀《せんだん》は双葉より芳《かんば》し、やわ」航が応じ、「さすが子どものときから船を撮ってはっただけのこと、ありますよ。ごっついわ、この写真から何かすごい波動くるもん」

マジな顔になって褒めあげた。

山本は、「いやあ、それほどでも……」禿げ頭かきながら背を屈め、

「そんなん言うてもうて、ほんま、うれしなぁ」

謙虚にこたえながらも、おもわず顔をほころばせた。

そやけど、何年ぶりやろ、こんなに胸、高鳴るんは……と自身、不思議に高揚し、無重力の真空と思っていた空間に何か足がかりができたような、自分の存在が少しは世の中に

認められたような……そんな心もちになってきた。ま、そやけど、それも勝手なぼくの妄想かもしれんけど……。

久しぶりにひとに褒《ほ》められた余韻にひたって、ぼんやりしていると、

「山本さん。わたし、知り合い、いるんですよ」

とつぜんマロちゃんが熱のこもった声になって言った。

山本、ハッとして顔をあげ、

「知り合いって……どんなぁ？」

おずおずと訊く。

「出版社の人。編集者って言うてたわ。うちのお花入れてるクラブによう遊びに来《き》はんねん。このあたりの小さな出版社やそうやけど、けっこうクセのある本出してはるみたい」

マロちゃんがその編集者から聞いた限りでは、『鶴橋《つるはし》・焼き肉人生』『釜《かま》のおっちゃんグルメ、教えてえな』とかの食べもの本、『みどりの南海《なんかい》電車よ、もう一度』『南海本線VS阪《はん》和《わ》線　最速特急の戦い』とか電車オタクがよだれを垂らしそうな本をはじめ、『河内音頭《かわちおんど》、江州《ごうしゅう》音頭対決』『大阪はブルースの都』という音楽本など、総じて、大阪文化をテーマにした本を出版しているらしかった。大ヒットを放つような品揃《しなぞろ》えではないが、コアな読者には支持されそうな本をたくさん作っているようだった。

山本はポートワインをちびりちびり飲《や》りながら、マロちゃんの話を聞きおえると、

「おもしろそうな本、作ってるやん」

興味をひかれたのか、真顔になって言った。

「そのひと、山本さんに会わせたいわぁ。ぜったい気ぃ合うと思うよぅ」

マロちゃんがカウンターに身を乗り出すようにして言う。

楠木がそのタイミングを逃さず、そうや、と手を拍《う》った。

「山本さん。本出したら、よろしいやん。渡し船の写真集とか、船に乗るお客さんとかのドキュメンタリーとか。それ、ぜったいおもしろいですよ」

「そ、そんなん作れるわけないですやん……」

山本、大げさに驚いてみせたが、目は笑っていない。

「ほんでも、昔は宣伝部でも働いてはったんでしょ？　もともと何か書いたりするのん、お好きやったはずですよね」

楠木が畳みかけるように言うと、航が、

「ネット見てると、しょーもないブログとかいっぱいありますよ。インスタでも、どーでもええようなナルシーな写真ばっかりですわ。山本さんの写真、船と川が好きやいうんが、めっちゃビンビン伝わってきますよ。ぼくも船、大好きやから、それ、ようわかるんで

す」

とフォローした。

「ね、ね、山本さん。わたしの携帯の番号、これ。いつつバー堂島に来るからって電話くれたら、わたし、編集のひと、ここに連れてくるから」

マロちゃんが真剣に言って、スツールからサッと立ち上がり、数字を書いたメモ用紙を山本に手渡した。

「携帯番号教えてもらえるなんて……」

山本がちょっとドギマギしていると、

「誤解せんといてよっ」

マロちゃんが笑いながら山本の肩をやわらかくはたいた。

「よっしゃ、山本さんにぴったりの、このお酒飲んでもらおっ」

そう言って、楠木は大きめのシェイカーを取り出すと、ドライシェリー、ホワイトラム、ライムジュースを注いで、素早くシェイク。できあがったカクテルで四つのカクテルグラスを静かに満たした。

液体は、天井からのピンライトのひかりで、淡い月のような色に輝いている。

「クオーター・デッキというカクテルです」

楠木が言う。

「デッキっていうと、甲板……」

航が白い歯を見せた。

「うわっ。わたしでも飲めそうな雰囲気のお酒！　なんか、きっと船に関係ありそうなカクテルやね？」

マロちゃんが首を傾けて、楠木の顔をのぞきこんだ。

「クオーター・デッキいうのは、船の後部デッキのことなんやて」

楠木がこたえると、航はうれしそうな顔になって、

「後部デッキっていうのが、ええわ。あそこ、白い航跡《こうせき》ばっちし見えるとこやん。ぼく、漁おわって港に帰ってくるとき、船の上からボーッと航跡ながめてるのが好きやねん」

「なんか、私のいまの人生みたいなカクテルやね」

山本がぼそっと言う。

楠木も航もマロちゃんも、山本の方にさっと目をやった。

山本はカクテルグラスをちょっと持ち上げ、光に透かし見て、

「毎日まいにち自分の来《こ》し方《かた》を見てる感じ、しますわ。これでよかったんやろか、どうやったんやろかって。でも、いくら考えても何しても、航跡は変えられへん。いまはその航

跡眺めながら、ゆっくり行く末に向かってるんかもしれへんね」

「でも、船の通った道て、ムーンリバーみたいにめっちゃきれいやないですか」

航があかるく言うと、

「そうかなぁ。そうやったら、ええんやけど……」

はにかんだ笑みを浮かべ、カクテルグラスを口に運ぶ。つづいて三人それぞれグラスを上げると、思い思いに、月のひかりのような液体を飲んだ。

マロちゃんは一口《ひとくち》なめるように味わうと、

「このカクテル、なんか潮の香り、するわ。ちょっと苦いのも、海の味みたいやね」

夢みるような顔になって、ふうっと満足そうな吐息をついた。

楠木はグラスをそっと置くと、

「山本さん。好きな写真、後部デッキからぞんぶんに撮らはったら、よろしいやん」

にこやかに言う。

「やっぱり、船おりるまで、好きなこと、ずっとやり続けることやね……」

山本茂雄は、少年のような顔になって白い歯を見せた。

冬〜シャッフル酒

楠木はグラスを洗う手を休めて、おもわず外の景色に見入ってしまった。

堂島川が冬の夕暮れ空を映して、サーモンピンクに染まっている。灰色と緑色が混ざったような、いつものとろんとした色とはまったく違う。

葉がすっかり落ちて枝だけになったイチョウのシルエットは、凛《りん》と澄んだ空気も手伝って、毛細血管のように繊細だ。自然のかたちは、からだの中にすーっと入ってくるから、ほんとうに不思議だ。

――しかし、昨夜《ゆうべ》は飲み過ぎてしもた……。

まだちょっと頭が痛いし、ついうっかりすると、ふらっとする。

あかん、あかん。十二月は稼ぎどきや。しっかりせえな。

自分専用のグラスに冷たい炭酸水を注ぎ、一気に飲もうとして、グフッとむせた。

昨夜、といっても今朝の四時過ぎまで、お客さんと一緒にシャンパンを数本空けて騒いでいたのだ。メンバーは、堺《さかい》で病院を経営する医者、葬儀屋の女社長、それに葬儀屋の親友の自動車学校の校長だった。

「きみんとこの学校で教えてもろた下手な運転で交通事故おこしたら、あんたのとこの病院に担《かつ》ぎ込んで、最後にうちに来てもうたらええねん。ま、いうたら、うちら三位一体。ウインウインの関係やわなぁ」

そう言うと、女社長はインプラントの人工的な歯を見せ、大口あけて笑った。

楠木もつられて笑ったが、どうにもおさまりが悪かった。

女社長はあかるくて愛想もいいし、周りのお客さんにも気を遣《つか》って、おもろい人ではあるけれど、なんか金の匂《にお》いがぷんぷんする。どっかで人を見下してる態度がほの見えて、それがのどの奥に刺さった魚の小骨みたいに引っ掛かる。

そんなこんなで自分の気持ちを麻痺《まひ》させるためにも、楠木は意識的にガバガバ飲んでしまったのだ。

どうせ葬儀屋のおばはんも院長も校長も、みんな無駄に金持ちや。にこにこ笑顔で機嫌ようシャンパン飲んでもろたらええねん。うちの売上げも上がるし。きっとクラブの女の子は、毎晩こんなこと考えてるんやろうな。ほんま、ホステスさんもたいへんな仕事やで。

そして昨夜は、シャンパンを五本シュパシュパ空けたのだった。

――なんぼ、ええ酒でも、量飲んだらあかん……。

過ぎたるは猶《なお》及ばざるがごとし、後悔先に立たず。

そういえば、「人生、山あり海あり」言うたんは長嶋《ながしま》監督やったかな。「山あり谷あり」よりも世界が広うて、ええ感じやん。

昨夜はベロンベロンになって、グラスも洗わずに帰ってしまった。細長いシャンパングラスを割らぬよう、じゅうぶん気をつけて扱いながら、楠木は、東京・二子玉川のバー・リバーサイドでの修業時代を思い出していた。

その夜、酒に詳しいと自称する客がインターネットで店を調べてやって来たのだった。東京の外《はず》れまでわざわざ来るなんて、よほどのバー好きなんだろうと楠木は思っていたが、その客はプロのバーテンダーを前に、商社マンで海外暮らしの長かった自分はいかにたくさん酒を知ってるか、どれだけ現地で美味《うま》い酒を飲み続けてきたか、などと得意気に語りつづけ、挙句《あげく》の果てに「こちらのお店のカクテルは海外じゃ通用しないと思いますよ」と、斜に構えて言いはじめたのだ。

オーナーの川原草太は、申しわけありません勉強になりますと、にこやかに「おとな」の対応をしていたが、楠木は内心メラメラと怒りの炎を燃やしていた。

その客は言いたい放題言ったにもかかわらず、それほど酒も飲まず——つまり売上げにあまり貢献せず——ひたすら長居して帰っていった。川原は楠木より十歳年上で、性格的にも忍耐強く、どんなに嫌なひとの話も黙ってじっくり聞くタイプだったので、「ま、こんな夜もあるよ」とつぶやいて、やれやれという表情を見せたが、楠木はむしゃくしゃした気持ちのまま、その客の飲み終えたグラスを洗っていた。

力をこめてゴシゴシ洗ったのが悪かった。

薄い繊細なグラスがカシャッと割れて、その鋭利なかけらが、楠木の左手小指を傷つけ、五針縫うケガを負ったのだった。

——マイナスの感情で仕事をしたら、碌《ろく》なことにならへん。

以来、楠木は、グラスを扱ったりナイフをもつときは、以前にもまして細心の注意を払うようになった。

二日酔いだからといって、堂島川の夕映えを見つめながら気を抜いているわけにはいかない。素面《しらふ》の日以上に、注意しなければと自分に言い聞かせ、そうや、やる気出るようにラジオかけたろ、とパソコンでｒａｄｉｋｏ《ラジコ》のアイコンをクリックした。

スピーカーから薄く流れてきたのは、大阪の実力派ブルースマン・星川凜太郎《ほしかわりんたろう》のラジオ番組「本日もブルース日和《びより》」だ。

——お、ちょうどええやん。やっぱし、夕日にはブルースやで。

楠木は鼻歌うたいながら、ボリューム上げて、星川凜太郎の語りに耳澄ませながら、ふたたびグラスを洗いはじめた。

＊　＊　＊

「お久しぶりっす」

ささやくような声がして、重い木製扉を開けて入ってきたのは、ハンチング帽をかぶり、安物の革ジャンに地味な色のネルシャツ、ぼろぼろのコーデュロイ・パンツをはいた男。

「ほ、星川クン……」

驚いて言葉につまりながら、え？　え？　スピーカーと星川とを何度も見くらべた。

「ごめんねぇ。びっくりさせてしもて……」

スピーカーから流れる声の主の星川が、腰をかがめながら楠木の真ん前に遠慮がちに座った。

「……これって、収録やったん？」

「そうなんですわ」

ハンチングをとってカウンターに置き、ぺこりと頭をさげると、白髪まじりの長めの髪がぶわんと揺れた。頭のてっぺんが禿《は》げかかってるのは、酒と煙草《タバコ》と不規則な生活のせいだろう。

「ひゃあ、知らんかったぁ。生放送やとばっかり、思ってたよ」

星川、頭をかきながら作り笑い浮かべ、軽く咳払《せきばら》いして、

「うまいこと作ってるでしょ？　ディレクターの優子《ゆうこ》ちゃん、めっちゃ優秀なんですよ」

「いやあ、ずーーっと騙《だま》されとったなぁ」

「すんません。でも、あの、なんも、騙してたわけやないんです」

「ま、ま、言葉の綾《あや》やんか」

楠木、あかるく言って、あわてて目の前で手を振る。

星川は背すじをのばし、両手をカウンターについて、

「ご無沙汰《ぶさた》ですぅ。たしか一年ぶり、ですよね」

あらためて挨拶《あいさつ》する。

「しかし、なんか不思議な感じやね」楠木、首を振ってつぶやき、「いまラジオでしゃべってる人が、目の前にいるっていうのは」

天井の隅に据えられたスピーカーからは、星川凜太郎のよく響く声が流れてくる。

楠木が、何にする？　と目で訊《き》いた。

「ほな、アーリー。まずは、オン・ザ・ロック。ダブルでお願いします」

「よっしゃ」

楠木はデュラレックスのざっくりしたロックグラスを取り出し、そこに大きめの氷をころん、アーリータイムズをとくとくと注《そそ》いで、カウンターの向こうから星川の前にすっと滑らせた。バーボンには安物のグラスと決めている。

「おおきに」

言い終わらぬうちに星川はグラスを持ちあげ、赤みを帯びた琥珀《こはく》色の液体をグーッと飲んだ。目をつむって、じつに美味《うま》そうに飲む。楠木は毎度のことながら、星川のバーボンの飲みっぷりに惚《ほ》れ惚《ぼ》れした。

――バーボンは、こうやないとあかん。

うなずきながら、楠木は手製のビーフジャーキーをカウンターにそっと置く。

星川が以前来たとき、「トウモロコシの安酒にはこれがいちばんエエねん」と言っていたのを覚えていた。

「ぼくにとってバーボンいうたら西部劇やってん。小っちゃいストレート・グラスでカポッて飲むんがカッコええと思て、ビーフジャーキー齧《かじ》りながら、ずっと生《き》のまま飲《や》ってたんやけど、こんなん続けてたら、からだイワしてまうと思て、止《や》めてん」

たしかそう言っていた。

ロックグラスを置いた星川は、手の甲で口をぬぐい、柴犬《しばいぬ》のように顔をかたむけてビーフジャーキーを噛《か》みしめる。

「なんや、こうやってビーフジャーキー食べてると、妙にホッとするねん」

無精髭《ぶしょうひげ》がぽつぽつ生えた顔をしわくちゃにして、満面の笑みを浮かべた。

「ビーフジャーキーて、星川クンにとって赤ちゃんのおしゃぶりみたいなもんなんやね」

「そうかもしれへん」

笑いながら再びグラスを持ちあげ、窓の向こうの朱色に染まった空に気づくと、

「やっぱり大阪は西日《にしび》やなぁ」

しみじみと言った。

「ことに冬のたそがれどきがええわ」

楠木がゆっくりと後ろを振り返って言う。

「夏のじっとり暑い夕なぎも好きやなぁ。あの汗くさい夕暮れ、あの湿気がブルース、あのにおいがファンキーやと思うわ」

「さすが、うまいこと言うねえ」

いえいえ、とおちょぼ口になった星川、

「ま、アホみたいに群青《ぐんじょう》色に染まって生きてきましたんで」

「群青色？」

「めっちゃブルーですわ」

「あ、洒落《しゃれ》かいな」

星川は四天王寺《してんのうじ》近くの生まれ。上町《うえまち》台地にある家からは夕日がきれいに見え、子どもの頃《ころ》から、上る朝日よりも沈む夕日になじんで暮らしてきた。

「なんちゅうても大阪湾に沈んでいく夕日がええねん。そら、もう大阪ベイ・ブルースの世界やわ」

ちょっと自慢げに星川がからだを反らして言うと、楠木が、

「朝日と夕日やったら、同じような色してても、勢いがぜんぜん違うもんねぇ。沈んでく太陽って、なんか不思議に心落ちつくやん。やっぱり右肩上がりより、右肩下がりの感じがええんやろね」

星川はアーリータイムズをグッと飲みほし、

「そうや。勝つより負けるほうが、どんだけむずかしいか」うなずきながらこたえ、「そやからタイガースは美しいねん。大阪の象徴や」確信もって言った。

「ま、よう言われる『吉本《よしもと》・タコ焼き・タイガース』の三点セットで簡単に大阪を代表させんでほしいねんけど、星川クンの言うことはようわかる」

「ブルースも負け犬の歌やから、ええんちゃうんかなぁ。言うたら、夕日みたいな歌やもん」

「平家《へいけ》も関ヶ原《せきがはら》も将棋の坂田《さかた》三吉《さんきち》も、みんな西が東に負けてしもた」

「横綱かて、東の横綱のほうが、西よりなぜか格上になってるし……」

「腹たつのりやな」

「マスター。このタイミングで、つまらん洒落言わんといてくださいよ」

楠木がパソコンをかちゃかちゃさせて、ライ・クーダーの「アクロス・ザ・ボーダーライン」を選んで流しはじめると、星川が、

「あ、この曲、好きなんよ。むかし、パイオニアの『ロンサムカウボーイ』の広告でかかってましたよね。それに、ライ・クーダー自身が、この酒のＣＭにも出てたし」

そう言ってアーリータイムズのグラスを天井から降り注ぐピンライトにかざすと、中の液体が夕日の色になった。

「大阪の海に沈む太陽、飲んでる感じやわ」

星川がうれしそうに、またグラスを口に運んだ。

ほんまやね、と楠木うなずき、

「それはそうと、本人の目の前で言うのもなんやけど、さっきのラジオ番組、いいよねえ」

星川はその瞬間うっとつまって、

「いやあ……久々にお店にお邪魔して褒《ほ》めてもろたのに、こんなこと言うのん、ほんま心苦しいんですけど……じつは、あれ、来年の春、番組改編でなくなってしまうんです……」

「えっ……」

楠木しばらく絶句し、その後、ほんまかいな、小さくつぶやいた。

「昨夜《ゆうべ》、プロデューサーにとつぜん言われたんです。『たいへん申し訳ございませんが、春でいったんお休みいたしましょう』て」

「いったんお休みって……何《なん》なん、そのまわりくどい言い方は」

楠木は鼻の穴をひろげ、「そういうのが『おとな』のトークやと思てるんがぎょうさんおる。まったくもって失礼やで。だいたい、『ございます』てバカていねいに言う者《もん》に碌なん、おれへん」

星川は眉《まゆ》を八の字にして、黙ってうなずいた。

楠木は、むっちゃクサクサするなぁ迎え酒飲んだろ、と自分用のジャック・ダニエルを

オン・ザ・ロックで手早くつくって、ひとくち舐《な》め、

「ほんで、辞めさせられる理由て、何やのん？」

ことりとグラスを置いた。

「自分で思い当たるふし言うたら、二カ月ほど前やったかな、番組ん中で『あおり運転』のことを取り上げて、最近のクルマは顔が怖すぎて、それが『あおり運転』にもつながってるんとちゃうやろか、て言うたんです。あとは、最近、東京から進出してきたエセ高級スーパー・経堂岩井《きょうどういわい》のお客さん対応が四角四面で慇懃無礼《いんぎんぶれい》や、このところマスコミに取りあげられてつけ上がってる、て言うたんです。番組にたまたま、そのクルマのメーカーとスーパーマーケットのスポット広告が入っていて、まぁまぁ問題になったとは聞いてました。自分ではやんわり面白おかしく言うたつもりやったんですけどね……」

「へっ？　たったそれだけの理由なん？」

「はあ……。でも、自分の思うこと素直に言うて、何が悪いんですかね……」

「そうや。べつにどっかの党の回しもんでもあらへんし。星川クンは、不偏不党やんか。ラジオ局サイドからしてみたら、結局、どっかからかクレームつけられるのがメンドーなだけやろ？　なるべくややこしいことに関《かか》わりたない。それだけのことととちゃうのん？　なんでも無事穏便にすませれば――嫌いな言葉やけど――『御の字《おんじ》』やねん」

「だんだん息苦しい世の中になってきたような気ぃしますわ」

星川はひとつため息ついて、カランという音を響かせ、アーリータイムズのオン・ザ・ロックを飲みほした。

その様子を見つめつつ、楠木が、口を開いた。

「大きなバックのないぼくらみたいなフリーの仕事は、ええことも悪いことももとつぜん起こるんよね。なんせお客さん次第やから、言うてみたら、川に流される小っちゃな笹舟《ささぶね》みたいなもんや」

＊　＊　＊

そのときバー堂島の扉が開いて、ちょっと低めの女性の声で「まいど」という挨拶が聞こえた。フツーなら「まいど」の「い」にアクセントがつくのだが、フラットなアクセントで、ちょっとヘンなイントネーションだ。

楠木と星川は、そのけったいな「まいど」におもわず振り返った。

「ややや っ。噂《うわさ》をすれば――」

楠木、眼《め》をみはり、

「やっぱり、あらわれたか」

星川、顔じゅう皺《しわ》だらけにして笑う。

「あらわれたか、って……そんな……。幽霊みたいに言わないでくださいよ」

ぴしゃりと東京イントネーションで言ったその女性は、さきほど話題にのぼったラジオ・ディレクターの池辺《いけべ》優子である。

小柄で華奢《きやしや》な体つきだが、大きく切れ上がった勝ち気な目つきは、十代の頃は特攻服を着てシャコタンの車に乗っていたと思わせる。ナチュラルなボーイッシュ・ショートで、いかにもアクティブな感じ。シルバーグレイのダウンコートに、ネイビーのチェック柄のデニムワンピースを着ている。

優子は星川のスツールの横に、すっと背すじを伸ばして立つと、星川に向かって深々と腰を折った。

「わたしの力が及ばず、ほんとうに、ほんとうに申しわけありませんでした」

いやいや、と星川は目の前で手を振り、

「決まったもんは、しゃあないやんか。ぼくがなんぼ番組続けてほしいって言うても、決めるんは会社やねんもん」

「…………」

言葉もなく、うなだれている。

「で、番組終わるの、優子ちゃん、いつ知ったん？」

「……じつは、昨日の夕方なんです。一昨日《おととい》の収録テープを編集してたら、プロデューサーの藤堂《とうどう》さんから電話が入って、とつぜん切り出されたんです」

「え？　きみも昨日……」

ええ、優子はうなずき、

「以前から、来年度はちょっと継続むずかしいかなって、なんとなく匂わされてはいたんですが……正直、まさか昨日言われるとは思ってなかったんです。藤堂さん、もっと相談してくれるとばかり思ってたんです」

「そうかぁ……」

肘《ひじ》をついて顎《あご》をなでながら、何か考えている。

「星川さんは、いつ聞かれたんですか？」

「ぼくも昨日。しかも夜の八時過ぎ。こっちはもう飲んでる時間やん。せっかく気持ちよう酔っぱらってたのに、いきなりオバハンから携帯に電話かかってきよったんよ」

「藤堂さん。どうせなら収録のすぐ後に言ってくれればよかったのに。そしたら、こっちだって言いたいこと、もう少し言えたんだけど……」

納得のいかない顔で、優子は眉間《みけん》に皺をよせ、頬《ほお》をふくらませた。

「きみらふたりに面と向かって言うの、怖かったんとちゃうの？」

楠木がぼそりと言った。

「やろうな。何かあるとすぐ逃げよるオバハンやから」

星川が鼻で笑う。

「あのひと、いつも強い方につくのよね」

しゃきしゃきした東京弁で優子がフォローした。

池辺優子は生まれも育ちも東京だ。関東一円をカバーする「FMえどっこ」というラジオ局の看板ディレクターとして活躍してきたが、「FMなにわ」の聴取率が芳《かんば》しくなく、したがって広告収入も減っているので、「なにわ」の社長が「えどっこ」の社長――ふたりは学生時代からの親友である――に頼み込んで、五年間だけ池辺優子に助っ人として大阪に来てもらうことになったのだ。

優子が東京から大阪にやってきたのは一年半前。

半年間の準備期間をおいて、ちょうど一年前の十二月から星川のナビゲートする『本日もブルース日和』がはじまった。

肩のこらない大阪弁でしゃべる星川のぶっちゃけトークと夕方の人恋しいひとときに胸に染《し》みいるブルースの選曲が好評で、リスナーメールや電話、ツイッターのコメントもたくさん寄せられていた。まさに波にのっていただけに、優子にとっても星川にとっても、プロデューサーからの番組終了通知は、青天《せいてん》の霹靂《へきれき》だった。

「優子ちゃんは、金曜休みやから、きっとここに来ると思たんや。今夜は同病相憐《あいあわ》れむで、一緒に苦い酒でも飲もうかなって」

「わたしも、たぶん星川さんなら、マスターに愚痴聞いてもらいに来るんじゃないかなって思ったの。マスターもブルースバンドやってたしね」

楠木は、優子に正面から向かい、

「ぼくも星川クンから話聞いて、そのプロデューサーの奥歯ガタガタいわせたろか、って思たんよ」とニカッとし、「ま、それは置いといて、最初の一杯、何にしようか?」

優子はカウンターの隅の壁にかかった黒板をじっと見つめた。

「今日の特別メニューの『アイリッシュ・シチュー』と……やっぱギネス、かな」

「了解です」

お主《ぬし》わかっとるな、という顔になって、楠木は唇の端で微笑《ほほえ》んだ。

優子は黒い生ビールを飲んで、ひと息つくと、ぽつりと言った。

「半年前に社長の秋山《あきやま》さんが脳こうそくで入院して、副社長が実権を握って以来、なんだか社内の雰囲気があやしくなってきたんだよね」

東京からの中途入社でもあり、もともと外様《とざま》の優子は、秋山社長だけが頼りだったのだが、その支えもなくし、社内ではまるでエイリアンのように扱われるようになっていったという。

「ＦＭなにわの中には社長派と副社長派の二つの派閥があってね。もともと秋山社長はＦＭラジオは more music, less talk――音楽多めでトーク少なめ――って方針だった。ただ、その考え方はいまのＦＭではちょっと古くなっているのも確かなんだけど、会社の主流派は、大嶋《おおしま》副社長と藤堂プロデューサーのラインで、しゃべくりがラジオの肝と考えてるんだよね。ま、手っ取り早く言えば、ＦＭの内容をＡＭラジオみたいにしたいわけ。だからＤＪにはお笑いのひとを当ててくるのよ」

「ぼくなんかが番組ナビゲーター、よう、やらせてもらえてたなぁ」

アーリータイムズをミルクで割ったカクテル＝カウボーイをひとくち飲んで、星川が腕組みし、深いため息をついた。

「わたしがこっちにやって来た頃は、まだ社長も元気で、自分の意見をぐいぐい通してたの。せっかく東京から呼び寄せたんだからって、わたしを最大限バックアップしてくれてたしね。広告が入ってこないと民放って成り立たないでしょ？　そういう意味で、大嶋・

藤堂ラインは会社にとって生命線を握ってるのかもしれない。クリエイティブとはおよそ無縁だけど、スポンサーや代理店からのウケもいいし。気のきいた接待も欠かさないし、付け届けも忘れない。官庁や政府筋にも顔がきくみたいだしね」

「ぼくらとは真逆やな……」

楠木がぼそっと言う。

優子は続けた。

「音楽についての考え方も、わたしや星川さんとはぜんぜん違う。大手のレコード会社が売りたい曲をオンエアーすべきだって藤堂さんたち、いつも言ってる。だから、ＪポップとかＡＫＢ48みたいなアイドルグループとかをヘビーローテーションで掛けようって考えね」

「あのぅ、すんません、ヘビーローテーションって何なん？　ベビーローションと関係あるん？」

星川が円《つぶ》らな瞳《ひとみ》をひらいて、たずねた。

「ごめん、ごめん、へんなギョーカイ用語つい使っちゃって。知らない間にわたしもどんどん毒されて、めっちゃカッコ悪いよね。で、ヘビーローテーションっていうのは、同じ曲を短い間に何度も何度もラジオでかけることなの。パワープレイとも言う」

「アナルプレイ?」

星川がマジな目をして訊いた。

「あんなぁ、きみ、耳、どうかしてるんとちゃうかぁ。どこがアナルやねん」

楠木が突っ込む。

「あ、あ、やっぱり突っ込まれると、あ、何や、うれしなぁ」

星川、おちょぼ口で、おほほほほと笑った。

「もう、ええわ」楠木が言う。

二人のやりとりを聞いていた優子は、うれしそうな顔になって、

「大阪っていいよねぇ。会話がまっすぐ進まないとこがいい。いつも話がくねくね進んでくでしょ? それがいいのよね」

「『いいのよね』って言われてもなぁ。なんせ、フツーにまっすぐ歩かれへんねん」

楠木が頭をかく。

「あんまり分析されてもねぇ」

星川も首をひねる。

「わたし、でも、まだ、大阪のひとの話にぜんぜんついていけない」

優子はいきなり生真面目な顔になる。

「そら、そうやろ。ぼくら、子どもんときから、毎日なにかおもろいこと言うたろ思て、ずーっと訓練してきてんねんもん」

星川が、何いうてんねん、という顔になって唇をつきだした。

「電車の中でも、みんな、よくしゃべってるもんねぇ。はじめて来たとき、新大阪から地下鉄に乗って、びっくりしたわ。なんかとっても車内がガヤガヤしてて。『ちゃうねん、ちゃうねん。せや、せや。めっちゃ、えっぐいなあ。さぶ、さぶー、さぶいぼ立つやん。この電車混んどるなぁ。コンドルは飛んでくやぁ』とか、まるでおもちゃ箱ひっくり返したみたいに耳の中にグワーンと入ってきて、すんごいカルチャー・ショックだった。でも、おもいっきり新鮮だったの。きっと東京より一〇倍はエネルギッシュで元気なんじゃないかな」

「せやろ、せやろ」

得意気に星川が相づちを打つ。

「そうやって二回繰りかえして言うのが、大阪人」

「ほんま、ほんま」

調子にのって、もう一度わざと言った。

「『もうええて』って言われるまで、しつっこくリピートするよねえ。あと、お芋さん、お豆さん、お稲荷《いなり》さん、戎《えべ》っさん、住吉《すみよっ》さん——食べものとか神社にも『さん』づけするのも大阪だわ。最初はこれもびっくりしたけど、なんか、あらゆるものに命が宿ってるアニミズムみたいで、すっごく素敵」

「あかん。『素敵』なんて言われてしもた」

星川は鼻のした伸ばしてへらへらしている。

「だめだ。こうやって話がどんどん横道にそれていくのよね。わたし、会社の派閥の話してたはずなんだけど……」

優子がまた真顔にもどってつぶやいた。

「ま、ええやん。大阪て、どっかちがう国みたいやろ?」

星川、鼻をうごめかす。

「エスカレーターも右側に乗るもんね。わたし、こっちに来たばっかりの頃、左側に立ってたら『ねえちゃん、ちょっと、どいてえな』っておじさんに言われて、びっくりしたわ。東京だったら、ち、とか舌打ちされて、なんか陰湿なんだけど、こっちはすぐ言葉になって跳ね返ってくるから、わたしはとっても楽。電車のなかで言い合いの喧嘩《けんか》してても、あっけらかんとして、なんかラテンな感じがする」

「ラテンかぁ。そういえば、Rの巻き舌、大阪人やったらららら、みんな、できるるるるでぇ」

いちびりながら星川が大いにうなずいた。

優子は続ける。

「大阪弁って音楽みたいだよね。イントネーションに抑揚あるし。大阪の人のしゃべりって、きっと歌なんだよ。それと——大阪の人って、知らない人にも気取らずに声かけるじゃん。イタリアとかアメリカ、台湾とかインドネシアもそうだけど、みんな他人にちゃんと言葉をかけてくるわ。『ちょっとごめんな』とか『その服ええやん。どこで買《こ》うたん？なんぼやったん？』とかフツーに。それって南イタリアに行ったときもまったく同じだった。大阪って東京よりずっとインターナショナルな土地だと思うよ。どこかパカッと開かれてるっていうか。外国人観光客に人気なのもわかる気がする」

「いやあ。大阪のこと、ぎょうさん褒めてもろて、なんか妙に落ちつけへんな」

楠木はグラスに入ったジャック・ダニエルをクッとあおって、ブハッとむせた。

「はあー。一気にしゃべったら、お腹《なか》すいちゃった」

優子はスプーンを動かしてアイリッシュ・シチューを食べ、ギネスを飲むと、ふたたび口を開いた。

「わたし、音楽が好きだから、FMの世界に入ったんだけど、プロデューサーの藤堂さんはどうも違うみたい。テレビ局の入社試験に落ちて、仕方なくラジオに来たんだって。もともと新聞記者にもなりたかったらしいよ。だから、世間はどうなってるのかに興味があるみたい。いちおう言葉は大事にしようと思ってるから、トークに重きをおいた番組をつくりたいんだろうなって思う」

「それはそれで、ええんちゃうの。そういう番組つくればええやんか」

星川は落ちついた声で冷静に言った。

「でも、ブルースとか、まったくわかんない人なんだ」

優子は声をおとした。

「木村充揮《きむらあつき》とか上田正樹《うえだまさき》とか有山《ありやま》じゅんじとか、あんなブルース・ミュージシャンは大阪でしか生まれへんよ」

もともとブルースで身を立てたいと思って苦労をかさねた楠木は、リスペクトするアーティストの名前をあげて、口をとがらせた。

「そう、それがわかんないのよ、悲しいほどに。あれで、よくFMの――しかも大阪の――プロデューサーやってられるよね」

優子はそう言って、顔をしかめる。

「藤堂さんて、どこの生まれなん？」

楠木が訊いた。

「生まれも育ちも東大阪。いちおう私立の音楽大学出てるんだって。クラシックを勉強してたのが自慢みたい。言葉もヘンな東京イントネーションで、オペラの人みたいに大きな声で高らかにしゃべるしね」

「東京っ子の優子ちゃんが、けったいな大阪イントネーションで『まいど』て言うて、こてこての大阪のおばちゃんがフェイクな東京弁つこてるんや。いったい、どないなってんねん」

星川が身をよじって笑う。

「きっと、知らんもんを知ってるふりして無理するから、妙に力入ってしまうんやないのかな」

楠木が、考え深そうな顔で言った。

＊　＊　＊

バー堂島の大きな窓の外はすっかり暮れて、夜のネオンサインが黒い川面にきらきらしはじめた。

優子は1《ワン》パイントのドラフトギネスを飲みほし、腕時計をちらっと見て、

「もうそろそろ、星川さんも知ってるひとが来るんだよー」

いたずらっぽい目で笑って言う。

「ぼくが知ってる？」おおげさに首をかしげ、「それって、おっちゃん？　兄ちゃん？　おねえちゃん？」

星川が訊く。

「歴《れっき》とした、おっちゃん」きっぱりこたえ、

「で、さあ、前から訊きたかったんだけど、大阪の人って、おっちゃんとおっさんってどうやって区別してんの？」

「ええ質問やね」

楠木が腕組みして言った。

「そら、おっちゃんって言う方が圧倒的に親しみこもってるわ。おっさん言うときは、客観的というか、ときには批判的な感じや。そうや、たとえば、痴漢のおっさんとか政治家のおっさんとは言うけど、痴漢のおっちゃんとか政治家のおっちゃんとは言わへん。そんな愛らしいもんとちゃうからなぁ」

「なるほどぉ。よーくわかる」

優子は真剣な目でうなずく。商売柄、言葉のニュアンスの違いにはいつも関心をはらっている。

と、そのとき、木製扉がギギギときしんだ音をたてて開き、後退した髪を短く刈り込んだ、ちょっと東洋的な顔をした中肉中背の白人が姿をあらわした。

その音に振り向いた星川は、

「お、ボビーっ！」

目を見開いて、うれしそうに手を挙げた。

男もちょっとはにかんだ笑みを浮かべて星川のスツールまで歩み寄り、ふたりはがっちりと握手をかわす。

「元気そうで、よかったです」

男はいまどきの日本人よりよほどきれいな日本語をしゃべりながら、星川の左横のスツールに腰をおろした。

その男ボビー・ギャラガーは、「ＦＭえどっこ」で自らの名前を冠した音楽番組のナビゲーターを十年以上続けてきたが、つい三カ月ほど前、その番組は終了していた。星川も大阪にネットされる番組を毎週聴いていた。あれからボビーはどうしてるんだろうと思っていたところ、自らもとつぜん降板になったのだった。

楠木はボビーとは初対面だったが、ラジオから流れるかれの落ちついた声をいつも聴いていたので、はじめて会った気はしなかった。星川とボビーが並んで座っているのをカウンター越しに見ながら、

——このふたり、番組卒業コンビなんやなぁ……。

心の中で、ふっと笑ってしまった。

ボビーはいまのFMによくいるアメリカンな巻き舌で日本語をしゃべるバイリンガルDJとは一線を画す、おとなのナビゲーターとして親しまれていた。落ちついた口調で音楽や社会のことを、自由に力まずさらさらしゃべる——その爽《さわ》やかさとインテリジェンスがリスナーに強く支持されていたのだった。

ブラックミュージックをベースにしながら、レゲエやサルサ、カリプソ、アフリカ音楽、ブラジル音楽などのワールドミュージック、そして、ヨーロッパ古楽、グレゴリオ聖歌まで幅広い音楽知識をもっていたが、そのことを声高《こわだか》に言うこともなかった。淡々と、湧《わ》き出る水のように、さらりと言う——その「ほどの良さ」が、「ボビーさんがかける音楽なら間違いない」という絶対的な信頼感につながっていたし、知性が自然に染み出てくる上品なトークは、ほかのDJにはぜったい真似《まね》のできない唯一無二《ゆいいつむに》のものだった。

音楽の話をたて糸に、世の中の話題をよこ糸にして織り上げていくボビーの音楽番組は、

放送業界の賞を何度も受けていた。

「知ってるおっちゃんて、ボビーやったんや」

星川が微笑《ほほえ》みながら、優子に言う。

「じつは、ボビー、ひと月ほど前に東京から引っ越してきたの」

優子がこたえると、ボビーは、

「女房、もともと大阪の生まれなんで、やっぱり地元に帰ったほうが、これから老後を生きるのに、何かと楽かなって……」と言って、「あ、これ、おみやげです」紙袋に包まれた粉モンを楠木に手渡した。

「えらい美味《うま》そうなにおい、してますねぇ」

楠木と星川がおもわずクンクンする。

大阪人の大好きなソースのにおいが、バー堂島の中にたちまち広がった。

「うちの近くの天神橋筋のお好み焼き屋さんのです」

ボビーがやわらかな声で言うと、

「天神橋筋……。ひょっとして天満《てんま》駅の近くちゃいますか?」

楠木が訊いた。

「そう。そう」

「『いちびり屋』？」

ボビーは思いきり目を丸くし、

「すごいっ！　よくわかりますね」ちょっと声が大きくなった。

「ぼくのガキの頃からのツレ（友だち）の店ですわ。金田っていうんですけど」

「あそこのお好み、大好きなんです。豚玉とかスタンダードもおいしいんですが、アレンジしたのも、とってもいいですよね。うちの女房も太鼓判を押してます」

すっごいシンクロニシティーですね、とボビーは驚いている。

楠木が紙袋の包みを開くと、四種類の粉モンがあらわれた。

そのとたん、静かなバーの空間にクーッとお腹の鳴る音が響いて、ボビーがおもわず頰を赤くする。

「す、すみません。朝から何も食べてないんで……」

「ノー・プロブレムですわ。からだの反応、正直でよろしいやん。大阪の人間、ストレートなん好きですから」

楠木が人なつっこい笑みを浮かべ、

「で、ボビーさん。飲みもの、何しはります？」

ボビーも顔ほころばせ、

「じゃ、ジェムソンのソーダ割り。お願いします」

「了解！」楠木がこたえると、

「すんません、ウイスキー多めで」ウインクした。

「やるやん、ボビー」

星川うれしそうに言って、「ほな、ぼくもジェムソン。ロックで」とオーダーする。

カウンターの向こうでは、楠木がアルミホイルに包まれたネギ焼きとそばめし、モダン焼き、うそ焼きのホイルを開いて、網の上に載せて中火であたためはじめた。


ボビー・ギャラガーは、イギリス・リバプール生まれの六十七歳。ちょうど中学生の頃に、ビートルズが登場し、相前後するようにストーンズやアニマルズ、ヤードバーズなどブルースに影響を受けたブリティッシュ・ロックが盛んになっていった。そんな空気のなかでボビーの音楽の基礎はつくられたのである。

ボビーはアイルランド、インドネシア、日本、台湾《タイワン》の血をひいている。それぞれの土地に住んでいたこともあり、おのずとワールドミュージックに興味をもち、オックスフォード大学で日本語を専攻。その後、日本にやって来て音楽の仕事をはじめたそうだ。

楠木は粉モン四兄弟をあたためながら、ぷちぷちと泡立つジェムソンのハイボールをボビーの前に、オン・ザ・ロックを星川の前にそっと置いた。

　ボビーと星川は再会を祝って、目の高さにグラスをかかげる。

　ひとくち飲んだボビーは、ふーっと吐息をついて、

「さっき星川さんの番組、ちょうど聞いてたんです。ブルースをどっぷり聞かせてくれるああいうプログラムってなかなか東京では生まれないですよね」

「いやあ。そんなこと言われると、お尻《しり》の穴、こそばゆうなりますわ」

　星川が言うと、優子はいちおう眉をしかめたが、ボビーは「アス・ホールって言われるやつは、世界中どこにでもいるからね」ふふふと上品に笑ってちゃんとフォローした。

「ほんま、ほんま」星川はパクッとタイミングをつかんで、

「じつは、昨日、アス・ホールなおばはんプロデューサーから、いきなり解雇されましてん」

「え？」ボビーはきょとんとする。

「来年の三月で、卒業になりますぅ」

　星川が、関西弁特有の語尾が下に抜けるような発音で言った。

「それは、それは」ボビーはニコッとし、

「じゃ、今夜は束縛から解放されて自由になったお祝いということで、一献《いっこん》かたむけましょう」

ふわっとあかるく言ったので、星川はなんだか救われたような気がした。

「ボビーもプロデューサーにいろいろ意地悪されて、結局、自分から辞めさせてほしいと切り出したんだって」

優子が教えてくれる。

「そうなんや……」

身に染《し》みるのか、星川は腕組みして何度もうなずいた。

「お、焼けた、焼けた。ちょうど四種類あるから、四等分して、ケンカせんと全種類食べられるよぅ」

楠木は粉モンを盛りつけた皿を、星川、優子、ボビー、そして自分の前に置き、「さ、食べよ、食べよ」とみんなにうながした。


ネギ焼きは、青ネギとこんにゃくの入った生地を醤油《しょうゆ》ベースのたれで焼いたもので、そばめしは焼きそばとご飯をソース味（神戸《こうべ》のどろソースが決め手）で味つけしている。モダン焼きはお好み焼きと焼きそばが合体したものである。

「うそ焼きいうの、ぼく、初めてや」

星川が言うと、

「わたしも食べたこと、ない」

食いしん坊の優子も目を爛々《らんらん》と輝かせた。

「新世界《しんせかい》の老舗《しにせ》のお好み焼き屋さんで、せっかちなお客さんから『うどんとそば、一緒に食べたい』ってリクエストされて生まれたらしいよ。焼きうどんと焼きそばが合体してねん」

と楠木が説明した。

「やっぱ、大阪は粉モン王国だね」優子が感心し、「でも、どうして、うそ焼きなんだろ?」首をひねった。

「うどんとそばの、『う』と『そ』をとって、『うそ焼き』。これ、ほんま」

「なーるほど。だからなのかぁ」

ネギ焼きを頬張ったボビーが、

「これってほんとシンプルでおいしい。あっさりしてるのに、コクがあるんですよね」

とご満悦の顔になり、ジェムソン・ソーダをクッと飲み、トンとグラスを置いた。

「淡泊なアイリッシュ・ウイスキーとぴったりです」

「そばめしって、いままでビールにしか合わせたことなかったけど、アイリッシュのハイボールにもよう合《お》うてますわ」

星川が上機嫌で言った。

「モダン焼きもめっちゃイケてるっ。だいいちネーミングがいいわよね。でも、どうしてモダンなんだろ?」

優子がゆっくり味わいながら小首をかしげると、すかさず楠木が、

「お好み焼きだけやったらお腹いっぱいにならへん、と思た人が、お好み焼きに焼きそば載せて食べたんやて。そしたら、めっちゃおいしいし、えらい『もりだくさん』に見えたんで、ほな『モダン焼き』て名前にして売ったらどやろ、てことになったらしいよ。ま、お好み焼きプラス焼きそばの姿が新しいから、新しい↓ハイカラ↓モダンになったって説もあるらしいけど」

「『もりだくさん』が『モダン』になるって、大阪らしいわ。地名だって、上六《うえろく》、天六《てんろく》、谷九《たにきゅう》。何でも省略しちゃうんだもん」

優子が納得する。

「こっちはみんな、いらちやねん。飲みものかて、レイコーにレスカや。冷たいコーヒーとかレモンスカッシュて言うより、ちょっとでも早《はよ》注文できるやん」

星川がしたり顔でこたえる。

「たしかに歩くスピードもめちゃくちゃ速いし、信号待ちの人もスタート待ってる競走馬

みたいにいらいらしてるし、赤信号でも左右から車が来てなかったらどんどん渡って行っちゃうし」

「当たり前やん。『青は進め、黄色は注意して進め、赤は急げ』って学校で習わへんかったん？」

「エレベーターも閉じるボタン、やたらカチャカチャ押しまくるし」

「むかし、吉本新喜劇に谷《たに》しげる、いう人がおって。その人のギャグに『あ、いそがし。あ、いそがし』いうんがあったわ」

星川、なつかしそうに言うと、

「ちゃちゃちゃっと作ってパッと食べる。それが大阪やねん。そやからカップヌードルもレトルトカレーも大阪で生まれたんや」

楠木もめずらしく得意気に言う。

「三分間待つのだぞ、やね」

「そうそう。最後の一分がめっちゃ長いねん。大阪人はいっつも貧乏ゆすりして待ってたんねん」

＊　＊　＊

ジェムソン・ソーダを飲み干したボビーがお代わりを注文して、

「大阪って、なんだか、ぼくの生まれ育ったリバプールとよく似てるなぁと思うんです」

ぽつりと言った。

楠木、「ん?」という顔で、「そらまた、どうしてですか?」

「うーん、何て言うのかな……まず、リバプールは大阪と同じ港町。悪名高い奴隷貿易の港だった。綿織物を世界中に送り出し、アイルランドからのたくさんの移民を受け入れる港でもあったんです」

「たしかに、大阪も戦前、朝鮮《ちょうせん》の人や沖縄の人がやってくる港街やった。いまも、生野区《いくのく》には在日コリアンが、大正区には沖縄出身の人がたくさん暮らしてはりますもん」

「かなしい歴史があったり、いろんなものが混ざったり組み合わさったりして、新しいものが生まれていく街ですよね。そういう土地からは素晴らしい音楽が生まれるんじゃないのかな。たとえばリバプールなら、ビートルズ」

「そう来るかぁ。それやったら……大阪は憂歌団や。どや?」

そうですそうです、ボビーは相好をくずし、

「ほら、なんか似てるでしょ。大阪とリバプール」

「たしかに。似てるといえば、似てますよね」

「いま食べた粉モンもいろいろ混ざってますよね。モダン焼きはお好み焼きと焼きそばのミックス。うそ焼きは焼きうどんと焼きそばのミックス。まさに大阪チックな食べものだと思いますよ」

ボビーの目が知的にきらりと光った。

楠木は自分の街をリスペクトしてもらったのが何だかうれしくて、

「いや、ただ、ごちゃ混ぜにしてるだけですやん。単にいらちやから、すぐ混ぜるんですよ」

「それプラス、いちびり、っていうのもあるかな」と星川。

ボビーは小首かしげ、

「すみません。いちびり……って何ですか？」

「いちびり？　うーん、説明すんの難しなあ。何て言うんやろ。ふざけてはしゃぎまわるって言うんかな。やらんでもええこと、やったり。お調子者って言うんかな。ウケ狙《ねら》いで目立つことやるひとのことやね」

星川が教えてあげる。

「いちびりは名詞ですね」

ボビーが真剣に訊く。

「そやね。動詞は、いちびる。つまり……だれかを驚かしたり笑わせたろと思って、いちびって、いろんなもののミックスして、新しいメニュー作ったりするんです」

楠木がまっすぐにこたえた。

ミックスいうたら、やっぱり大阪はミックスジュースやけど、と星川がまた口をはさんでくる。

「ぼくのカノジョなんか、はじめてのデートんときにカレーライス頼んで、カレーとライスぐちゃぐちゃに混ぜよってね。でも、ぼく、それでカノジョのこと一発で好きになったんですわ」

アハハハハ。ひとりで笑いながら、額の汗を拭《ふ》く。

「それって、もしかして、のろけ?」

優子がすかさず突っ込む。

「混ぜる、と言えば、ビビンバもそうやん」

楠木が続ける。

「釜山《プサン》に行ってビビンバ頼んだら、食堂のおばちゃんが『混ぜろ、混ぜろ』ってうるさいくらい言うねん。混ぜるほど美味《うま》なるよ、って。そういえばインドネシアにも沖縄にもチャンプルーって料理があるよね。どっちもよう混ざってるもんね」

「やはり、大阪は外に向かって開かれてるんですよ」

ボビーが腕組みしてうなずき、お世辞抜きで感服する。

＊　＊　＊

優子がこんどはギネスのハーフパイントをオーダーして、おもむろに口を開いた。

「今夜、わたし、勘さえてるわぁ。星川さん、きっとここに来ると思ってたし、ボビーさんのスケジュールもちょうど空《あ》いてたし。じつは……ふたりにちょっと相談に乗ってもらいたいことがあるんです」

「相談って？」と星川。

「いったい何でしょう？」

ボビーが首をかたむける。

「じつは、来年の春の番組改編で、毎週金曜日の深夜二十四時から二十七時までの、演歌番組が終わることになって。クライアントは大型トラックのメーカーで、夜、長距離を走るドライバーをメイン・ターゲットにした番組だったんだけど、聴取率が悪いのとたまたまそのメーカーの事故が相次いで、クライアントを降りることになっちゃって。

で、ＦＭなにわとしては、深夜帯に人気のあるＮＨＫの『ラジオ深夜便』に対抗できる番組を求めてるんです」

「高齢者の番組にしようと？」

ボビーが訊く。

「ううん。とくに高齢者を意識しなくてもいいんじゃないかな。あの時間帯、ちょっととんがっておもしろい番組だったら、若いひともスマホでラジコからぜったい聴くから」

「深夜のＦＭといえば、むかーし、『きまぐれ飛行船』って番組があったなぁ。作家の片《かた》岡義男《おかよしお》とジャズシンガーの安田南《やすだみなみ》がナビゲーターやってたんやけど、二人とも何もしゃべらんと、ずーっと黙ってたりしてね。めっちゃおもろい番組やったわ。ラジオの自由解放区って感じでね」

と星川が言って、首をかしげた。

「で、優子ちゃん、ぼくら、何したらええの？」

「その新しい番組を一緒に考えてもらえないかなと思って。構成・選曲・ナビゲーターはボビーさんにやってもらって、毎回ゲストをよんでトークしてもらいたいなと思ってる。星川さんにはレギュラー・ゲストとして参加してもらえればって」

「いやあ。ぼくなんかゲストにして、ええの？　藤堂さん、嫌がるんちゃうん？」

そう言いながらも、星川はうれしそうだ。

「大丈夫。その枠は藤堂さんとは無関係。ちがうプロデューサーが仕切ってるから。そのプロデューサー、とても優秀なんだけど、ちょっと酒癖わるくて、社内で除け者《のけもの》にされてるんです。定年まであと二年。サラリーマン生活の最後に、やりたかったことをやって辞めたいって腹くくってるから。きっと星川さんとも気が合うはず」

「ほんま？　それやったらええけど……」

星川、ぼそっとつぶやく。

「レギュラーもてるのなら、ほんとありがたい。女房は、自分のふるさとの大阪でぼくが番組もつのが夢だって言ってくれてるし」

とボビーはいつもと変わらず、あくまで謙虚な姿勢だ。

「でも、スポンサーになってくれるクライアント、ちゃんとおるん？」

楠木が優子にむかって肝心なところを訊いた。

「松風《まつかぜ》電器の宣伝部長が音楽好きでなかなか話のわかる人なんだ。すっごいオーディオ好きで、研究所とかけあって、かつて一世を風靡《ふうび》したオーディオ・ブランドを復活させたりしてね。そのアンプとスピーカーが大ヒットして、社内での発言力も強くなったみたい。松風の協賛音楽イベントでちょこっと話をしたんだけど、ご本人、もともとロック小僧で、いまはワールドミュージックにはまってるんですって。松風電器も大阪が本拠地だから、大阪の文化に貢献できるラジオ番組つくりたいって、かなり乗り気なんだ」

「そら、ええ感じやん」

楠木はギネスのハーフパイントを優子の前にそっと置きながら、

「で、優子ちゃんはどんな番組つくろうと思ってんの？」

ボビーも星川も、すかさず優子のほうに顔を振りむけた。

「深夜の生放送。いまの時代だからこそ、電話リクエストにしたい。メールとかツイッターじゃなくてね。リスナーの電話の声もちゃんと放送する。音楽の対象は、ロック、ブルース、ソウル、レゲエ、ケルト音楽、インドネシアやマレーシアのポップス、クラシック……もう何でもあり。ナビゲーターは、もう、ボビーさんしかいない。世界中の音楽を聴いて、その音楽の生まれる土地にもちゃんと取材に行って、音楽だけじゃなく文化全般にくわしい本物のインテリ。しかも、エエカッコしない。まず、ボビーさんありきの番組を考えてるんです」

そこまで言うと、優子はギネスをひとくち飲んで、のどを湿らせた。

「生放送かぁ。ええねえ。やっぱりラジオはライブやもんなあ。お好み焼きと同《おんな》じや。ボビー、ごめんな。お好み焼きのおみやげもろといて」

星川が言うと、ボビーが、その通りですよと受け、

「ソースの焦げるにおいとかコテのかちゃかちゃいう音とか、店のおばちゃんとかおっちゃんの佇《たたず》まいとか、下町の路地の雰囲気とか——ぜんぶ合わさって、大阪のお好み焼きになってると思いますよ」

　楠木、にこりと笑って、

「さすが、ボビーさん。うまいこと言いますねぇ。で、優子ちゃんの考え、もうちょっと聞かせてよ」

「とにかく手作りの番組にしたいんだ。それは酔っぱらいプロデューサーも大賛成で『そうや、ラジオ・ゲリラになるんや』って言ってたよ。CMもニュースも天気予報もぜんぶボビーさんがひとりでしゃべる。選曲もぜんぶボビーさんの自由にやってもらう。『この楽曲、売りたい』と思ってるレコード会社とか代理店の意向や思惑は一切無視。毎回、ボビーさんが自分の好きなミュージシャンのゲストを招く。ただし月に一回は星川さんと地元・大阪のいまの音楽の話をしてもらう」

「うわっ。おおきに！　生放送やったら言いたい放題や、めっちゃうれしいな。友だちのミュージシャンもようけ紹介できるし」

　星川が顔をほころばせる。

「ときどき、星川さんにスタジオでスライドギター弾《ひ》いてもらったりするのも、いいよね」

ボビーがたちどころにアイディアを出すと、

「ええやん、それ、いこっ」

星川ますます上機嫌になる。

「たまには大阪以外の街に行って、生放送するのもいいかも。地道にがんばって、いい音楽やってるのに、名前が知られてないミュージシャンって地方にいっぱいいるからね」

ボビーが再びアイディアを出す。

「それ、すっごく、いいです！」

優子は目を輝かせて言った。

楠木は自分用のジャック・ダニエルをソーダで割りながら、

「水さすようで申しわけないんやけど……その酔っぱらいプロデューサー、ほんまに社内でちゃんと意見通せんのかな？」

「そこなんですけど。かれ、じつは、見かけは酔っぱらいのように見えて、ほんとはものすごくクレバーで、もともと重役候補だったそうなんです。でも、入社以来のライバルだった今の副社長に陥《おとしい》れられて、けっきょく深夜番組のプロデューサー止まり。かれとしても、さすがにこのまま定年で終わるなんてやりきれないでしょ。そんなときに、たまたま副社長の弱みを握ったらしくて。どうも副社長、大手代理店から信じられないくらいのバックマージンもらってるそうなんですよ。そのことを親しい広告関係者から聞いたらしいんです。で、そのカードを使って、自分が好きにできる番組つくって、多少なりともリベンジしてから会社を辞めようと思ってるみたいです」

「そうか、なるほどなぁ。それやったら副社長もビビるわなぁ。酔っぱらいプロデューサーの方は何も失うもんないし……」

楠木は腕組みして、うなずいた。

＊　＊　＊

「昨夜《ゆうべ》から何やジェットコースターみたいな人生模様やけど……ことわざ通り、捨てる神あれば拾う神ありや」

あまり物事を深く考えない楽天的な星川は、くさくさした気分が少し晴れてきたようだった。

「でも編成会議って水ものだから、最後までどうなるかわかんない。だから、あんまり過剰に期待しないでくださいね」

優子はちゃんと釘《くぎ》を刺すことを忘れなかった。

ボビーは静かにうなずき、

「そうですね。待てば海路《かいろ》の日和《ひより》あり、です」

穏やかに微笑んで、ジェムソン・ソーダを飲もうとしたが、

「あ、そうだ。粉モンのことで頭いっぱいで忘れてた」と言って、自分のデイパックの中をごそごそ探し、「これ。みんなで酒のさかなにしようと思って、持ってきたんですよ」

取りだしたのは、インドネシアの発酵食品・テンペだった。かたちは豆板《まめいた》みたいな平たいブロックで、表面にはカマンベールチーズのように、白いカビ状のものがついている。

ボビーはインドネシアの血も入っているので、常日頃《つねひごろ》からテンペを食べているそうだ。

最近は、青森でつくられているテンペにはまって、取り寄せているのだという。

「簡単に言うと、インドネシアのドライ納豆ですよ」

白い歯を見せてボビーが言うと、

「な、納豆?!　あかん。それは、あかん。ぼく、よう食べられへん」

星川が毛虫を見たときのように眉をしかめた。

楠木はそんな星川の反応を笑いながら、

「ぼく、バリ島にいた頃、しょっちゅう食べてたよ。これ、大好物やねん」

うれしそうにボビーからテンペを受け取ると、サイコロ状にカットし、さっそくガーリ

ックのスライスとともにオリーブオイルで炒《いた》め、塩を少々ふって皿に盛り、ボビーと優子、星川の前にすべらせた。

「テンペ・ゴレン（炒めたテンペ）です」

楠木がちょっと胸を張った。よほど味に自信があるのだろう。

優子はさっそく皿に顔をよせ、

「い〜香り！」

うっとりと目を閉じる。

「ほんまにぃ？」

疑わしそうな顔で星川が優子をうかがう。

「星川さん。ワールドミュージックの番組をやるなら、食わず嫌いは世界を狭くしますよ。食べることは知ることですから」

ボビーが落ちついた声でやさしく言う。

「その通り。納豆はクサイって偏見はあかんよぅ」

と楠木、ちょっと顎に手を当て考え、

「そや。このお酒と合わせたら、ええ」

バックバーから緑色のボトルをさっと取り出した。そして、小ぶりのざっくりしたグラスに人数分トクトクと透明な液体を注いで、オン・ザ・ロックを作り、それぞれの目の前に置いた。

星川はグラスを持って、香りをかぐと、

「何か甘いような、南国っぽい香りやなぁ」

「飲んでみぃ」

楠木がすすめる。

ひとくち飲んだ星川、お、という顔になった。

「これ、イケるやん。おいしいわ」

「やろ？　アラックっていうバリ島の焼酎《しょうちゅう》や。椰子《やし》の花から作るねん」

優子とボビーはテンペを頬張り、アラックをクイッと飲み、

「速攻、インドネシアに飛んでくわー」

「バリ島の波の音が聞こえてきそう。音とお酒って、ほんと、スピード、速いですよね」

ふたり、陶然となってうなずき合い、ボビーが、

「そうだ。テンペとアラックとくれば……『ブンガワン・ソロ』聴けます？　日本でも戦後とても流行《はや》ったんですってね、この曲」

はい、と楠木にっこりして、うなずいた。

「もちろんＣＤありますよ。ブンガワン・ソロってジャワ島を流れるソロ川のことでしたよね」

「よくインドネシアのこと、ご存知ですね？」

「ぼく、あの辺りにもちょこっと住んでたことあるんです」

　ＣＤ棚からアルバムを探し出し、すぐさまレコーダーにのせた。作曲者のグサン自身がうたう「ブンガワン・ソロ」の音がやわらかくバーの空間に流れだす。

　そうこうするうちに、アラックを口にふくんだ星川、ままよとばかりテンペ・ゴレンをつまんで食べた。楠木、優子、ボビーはグラスを置いて、歌を聞きながら星川の顔をじっと見つめる。

　星川おそるおそるテンペを食べていたが、だんだん驚きの表情になり、やがてこぼれるような笑顔になった。

「ぜんぜん匂い、あれへん！　まったく糸も引かへん。なんや食感もええし、これ、めちゃ美味《うま》やん。ぼく、はじめて納豆食えたで」

「な？　言うたとおりやろ？　百聞は一食にしかずや」

　楠木ふたたび肩をそびやかす。

「ほんまや。マスターもたまには、ホンマのこと言うやんか」

「人聞きの悪いこと言わんといて」

「このアラックいう酒にもばっちり合《お》うてるわ」

星川の興奮、なかなか覚めやらない。

「はじめてのインドネシア納豆に、ちょっとクラッとしたんじゃないですか?」

ボビーが、テンペを食べる手の止まらない星川を見つめて訊いてきた。

「たしかに、めまいするほど驚いたわ」

素直にこたえる。

「ぼくは、そんなふうにいつも新しいものと出会える番組を作りたいんです」

「そうそう。わたしも、リスナーの頭ん中をシャッフルできるようなものにしたい」

優子が何度もうなずいた。

シャッフルかあ……楠木がつぶやいて、

「ええ言葉やん。ブルースにも『Tボーン・シャッフル』って曲あったよねぇ。新しいもんと古いもん、ええ塩梅《あんばい》に混ぜ合わせたら、ぜったいおもろいもんできるはずや」

「こんどの番組で世の中もふんわりシャッフルしたろうや」

星川、アラックをクッと飲み、グラスを干して、意気揚々とつぶやいた。

「そのためには、ちょっと汗かかんと、あかんやろな」と楠木。

「え？　なんでなんで？」

星川が訊く。

「アラックは『汗』って意味やねん。ヤシ酒つくるとき、蒸留器に汗みたいに水滴つくんやて」

「ぼくらの場合、それ、きっと冷や汗とちゃうかぁ」

星川が言うと、優子とボビーが笑いながらうなずいた。

窓から見える堂島川は、ソロ川と同じ音をたてて、今夜もゆったりと流れている。

本書は、書き下ろし作品です。
物語はフィクションであり、
実在の人物・団体等とは一切関係ありません。

プロデュース　吉村有美子

ハルキ文庫

よ 9-4

バー堂島《どうじま》

著者 吉村喜彦《よしむらのぶひこ》

2019年10月18日第一刷発行

発行者 角川春樹

発行所 株式会社角川春樹事務所
〒102-0074 東京都千代田区九段南2-1-30 イタリア文化会館

電話 03(3263)5247(編集)
03(3263)5881(営業)

印刷・製本 中央精版印刷株式会社

フォーマット・デザイン 芦澤泰偉
表紙イラストレーション 門坂 流

ISBN978-4-7584-4299-2 C0193 ©2019 Nobuhiko Yoshimura Printed in Japan
http://www.kadokawaharuki.co.jp/[営業]
fanmail@kadokawaharuki.co.jp[編集]　ご意見・ご感想をお寄せください。

JASRAC 出 1910782-901

吉村喜彦の本

酒の神さま
バー・リバーサイド3

自然豊かな多摩川の畔《ほとり》の「バー・リバーサイド」。タクシー・ドライバーのアッコさん、沖縄から風の如く現れた唄者《うたしや》の林哲《りんてつ》オジイ……など常連客や初めてのお客も、優しく迎えるマスターの川原とバーテンダーの琉平。春の香りがするミモザ、芋焼酎「越鳥南枝《えつちようなんし》」のカクテル、シチリアのワイン、カラスミ、鹿肉のステーキ、タコ焼き……ほか、心がこめられた幸福なお酒&フード。さあ、あなたも「扉」を開けて小さな旅に出ませんか。